결혼 상대는 추첨으로

KEKKON AITE HA CHUSEN DE
ⓒ Miu Kakiya 2014
All rights reserved.

First published in Japan in 2014 by Futabasha Publishers Ltd., Tokyo.
Korean translation rights arranged with Futabasha Publishers Ltd. through BC Agency.

결혼 상대는 추첨으로

가키야 미우 지음
이소담 옮김

• | 제1회 국가 주도 추첨 맞선 | •

××× 님의 좌석 번호

A-나-××××

날짜　20××. ××. ××
장소　××시 시민문화센터
　　　1층 대강당

맞선 상대 프로필

성별　　　남성
생년월일　1989. 0
학력　　　4년제 대
직업　　　회계사
가족관계　1남 1녀
취미　　　영화 감상
특기　　　암산

지금이책

차례

"정부는 저출생대책으로 내년 4월 1일부터 '추첨맞선결혼법'을 시행하기로 결정했다. 대상은 25세에서 35세까지 이혼 전적과 자녀와 전과가 없는 미혼 남녀로, 본인의 나이에서 플러스마이너스 5세 범위에서 무작위 추첨 방식으로 진행될 예정이다.

맞선 상대가 마음에 들지 않을 경우 2회까지는 거절할 수 있고, 3회까지 모두 거절할 경우 테러대책 활동 후방지원대(통칭 테러박멸대)에서 2년간 복무해야 한다. 정부는 복무자들이 전역 후 종전 직장으로 복귀할 수 있도록 하며, 이를 어기는 사업주는 처벌하고 법인세 또한 2% 추가 인상하는 등 전역자의 권리를 철저히 보장하겠다고 밝혔다. 한편 맞선 상대로부터 거절당하는 횟수에는 제한을 두지 않기로 했다.

정부는 저출생의 주요 원인으로 지목되는 만혼화를 국가적 위기로 인식하고 이를 타개하기 위한 일환으로 법을 제정했다고 발표했다. 그러나 그 이면에는 미국을 비롯한 국가들의 압력을 이기지 못하고 대對테러지원국으로서 군대를 파병해야 하는 저간의 사정이 숨어 있다. 또한 자위대와 별개로 테러박멸대를 조직하려는 정부 방침에는 자위대의 적극적인 대테러 해외 파병이 헌법에 저촉된다고 주장하는 야당의 공세를 애초부터 차단할 의도가 깔려 있다는 추측도 있다.

어디까지나 지원 부대로서 세계 평화에 공헌한다는 명목을 내걸었기에 무기를 들지 않는 일반인 집단처럼 들리지만, 실상은 자위대와 별개로 군대를 구축하려는 것이라는 소문이 있다."

[주간 마이아사 10월 5일호]

제 1 장

각자의 연애 사정

한 해 한 해 나이를 먹을수록 엄마를 닮아가는 것이 참 싫었다.

"그런 황당무계한 법이나 만들고 원, 요즘 국회의원이란 것들은 무슨 생각을 하나 몰라."

점심 식사를 끝내고 차로 입가심을 하는 엄마의 표정에 못마땅한 기색이 역력했다.

"그러게 말이야."

스즈카케 요시미는 관심 없다는 듯이 말을 받으며 엄마의 얼굴을 훔쳐보았다.

"그래도 요시미, 추첨맞선이라지만 그리 걱정할 것 없어."

"어? 왜?"

"상대가 마음에 들지 않으면 거절해도 된다고 텔레비전에서 그러잖니."

"응, 그건 알아. 두 번까지는 거절해도 된다고 했지."

즉 최소한 남자 세 명과 맞선을 볼 수 있다는 소리다. 그러나 세 명을 다 거절하면 이 년간의 테러박멸대에서의 혹독한 훈련이 기다린다.

"아무튼 테러박멸대에 들어가더라도 명절에는 집에 보내줄 거 아냐? 힘들겠지만 이 년쯤이야 후딱 지나가지."

엄마는 요시미가 맞선 상대를 죄다 거절하고 테러박멸대에 입대하는 것을 기정사실로 못 막고 있는 투였다.

"이건 소문인데, 최전방으로 가게 되는 사람도 있대."

엄마의 반응을 보고 싶어서 입에서 나오는 대로 말했다. 엄마에게 가장 소중한 사람은 누구일까? 딸일까, 아니면 엄마 본인일까…….

"최전방? 그래 봤자 별거 아니야. 고작해야 물이나 연료를 보급하는 일 아니겠니? 훈련보다는 훨씬 편할걸?"

놀라서 엄마를 보았다.

"그럴까? 잘은 모르지만 테러리스트나 무장 세력 같은 무서운 사람들이 잠복하고 있어서 위험하다던데."

"그야 엄마도 네가 테러박멸대에 안 가고 결혼을 한다면
야 제일 좋지만."

본심에서 하는 소리는 아니겠지만 "진짜? 그러면 맞선 열
심히 해볼게" 하고 떠볼 셈으로 대꾸했다.

"하지만 말이다. 남자하고 같이 살아도 결국은 고생만 한
단다. 그렇지, 요시미?"

엄마가 동의를 구하듯이 이쪽을 쳐다보아서 고개를 끄덕
여주었다.

알코올의존증이었던 아버지는 회사에서 퇴근하자마자
곧장 술을 마셨고 취하면 엄마를 때렸다. 사전 예고라고는
없이 기분이 나빠졌다 하면 갑자기 난동을 부리는 아버지가
무서워서 덜덜 떨던 기억이 어제 일처럼 선명하다.

"아버지 때문에 엄마는 맨날 고생만 했으니까."

요시미가 중학교에 입학할 무렵에 아버지는 결국 회사도
가지 않고 아침부터 밤까지 술에 절어 살았다. 얼마 지나지
않아 회사에서 잘렸고, 그 후로는 엄마가 생명보험 외판원
으로 일하며 가계를 꾸렸다. 지금은 얼마 안 되는 연금과 요
시미가 생활비로 주는 10만 엔(약 100만 원)으로 살고 있다.

"어려서부터 그런 부모를 보고 자랐으니 당연히 결혼하
기 싫겠지. 너한테는 엄마가 정말 미안하다."

"그런 소리를 왜 해, 엄마 탓이 아닌데."

"게다가 너도 벌써 서른한 살이잖니. 엄마 젊었을 때는 여자가 서른한 살이면 결혼은 당연히 포기하고도 남을 나이야."

"……응."

하지만 지금은 시대가 달라.

반론하고 싶었지만 그랬다가는 정말 듣기 싫은 일장 연설의 잔소리를 들을 게 뻔하다. 방이 고요해지자 엄마와 단둘이 있는 공간이 답답하게 느껴져서 텔레비전을 틀었다.

"이번 추첨맞선결혼법안이 중참 양 의원을 통과해 내년 4월부터 시행되기로 결정되었습니다."

아나운서가 무표정을 유지하며 말했다.

"아이고, 요시미. 마침 이 얘기를 해주는구나."

"응, 이 NHK 스페셜 방송 보고 싶었어. 토요일 낮에 하는데도 시청률이 꽤 높더라."

"그야 당연하지. 이런 엉터리 법률이 정말 제정되리라고는 아무도 생각하지 않았으니까."

"요즘 직장에서도 다들 이 얘기만 해. 근처 유치원에서도 추첨맞선 놀이가 유행이래."

"그렇겠지. 와이드 쇼에서도 매일 같이 이 얘기뿐이니."

텔레비전을 보면서 하루의 거의 모든 시간을 보내서인지 엄마는 세상에서 벌어지는 모든 일들을 다 알고 있는 듯했다.

"그럼, 장관의 설명을 들어보겠습니다."

부채꼴 모양의 테이블 가운데에 사회자가 앉아 있고, 오른쪽에는 장관을 포함한 여당 의원과 경찰청 장관 등이, 왼쪽에는 비슷한 수의 야당 의원이 앉아 있었다.

"추첨은 지역별로 이루어집니다. 가족 관계나 근무지를 고려해 결혼 후에도 현 거주지에서 많이 벗어나지 않도록 배려할 것입니다."

저출생대책 담당 의원인 오노데라 유키코가 점잔을 뺀 얼굴로 발언했다. 턱선까지 내려온 풍성한 은발 머리에 웨이브를 주어 부드러운 인상을 만들어냈다. 여기에 코미디언 아니고서는 평생 입을 일은 없을 것 같은 눈부신 쇼킹핑크색의 정장을 입었다. 그래도 카메라를 멀리서 잡으면 우아한 영국 귀부인처럼 보이기도 했다. 여성으로는 넓은 어깨가 올림픽 국가대표 선수였던 시절을 떠올리게 했다.

"아무렴, 그렇지. 당연히 지역별로 해야지. 멀리 시집가는 건 상상만 해도 슬퍼. 네가 떠나면 엄마는 외톨이가 되니까."

어쩌지. 주민등록상 주소를 빨리 도쿄로 옮기지 않았다가는 큰일이 나겠다. 지역별 추첨이라니 말도 안 된다. 평생 이 마을을 떠나지 못한다.

"이 동네에 미혼 남자가 누가 있더라? 네 동급생 중에도 제법 있지만 서른 넘긴 남자란 것들은 스물 언저리의 새파랗게 어린 여자를 좋아하는 게 만고의 진리니까."

그런 소리를 하며 엄마는 들으라는 듯이 크게 한숨을 내쉬었다.

"요즘은 초식계 남자가 늘었다고 하던데……."

"아이고, 세상이 아무리 달라져도 동물의 타고난 본능은 변하지 않는 법이야."

"그래도 요즘은 마흔 넘어 결혼하는 여자도 많아."

"그야 유별나게 예쁜 여자들 얘기지."

생각이 극도로 부정적인 엄마와 말을 섞으면 기분이 자꾸만 우울해진다. 이쯤에서 대화를 그만하고 싶었다. 그러려면 엄마의 말이 옳다고 맞장구쳐주는 수밖에 없다.

"역시 미인이 최고야."

화가 나지만 엄마의 말은 사실이다. 요시미 역시 이십 대 초반까지는 순진한 구석이 있어서 가끔은 귀엽다는 소리를 들었다. 미인은 아니지만 통통한 동안이어서 귀엽다고 생각하는 남성이 많지는 않아도 있긴 했다. 그러나 서른을 넘기면서 깨닫게 되었다. 동안이고 뭐고 없고 그냥 이목구비 작고 개성이라고는 없는 밋밋한 얼굴이라는 것을 말이다.

엄마의 생각이 어떻든 이제 상관없다. 강제적이든 반강제적이든 법률에 의거한 결혼이라 하는데 아무리 엄마라도 막을 도리가 없다. 도시라면 몰라도 시골에서는 혼기를 놓친 노처녀 취급을 받으면서 결혼은 거의 포기하고 있었는데 정부가 기회를 주신다니 무슨 수를 써서든 이 기회를 살리고 싶다.

이 폐쇄적인 성시城市에서 하루라도 빨리 탈출해야 한다.

아니, 사실은…… 엄마에게서 벗어나고 싶다.

이렇게 됐으니 도쿄에 사는 남자라면 누구든 괜찮다. 키가 작든 돼지든 대머리든 상관없다. 성실하기만 하면 외모나 수입이나 학력 따위 아무래도 좋다. 애초에 본인 역시 남의 외모를 두고 이러쿵저러쿵 따질 자격이 없다. 키 작고 뚱뚱한 추녀, 삼박자를 다 갖추지 않았나.

그렇지만 시청에 가서 주민등록을 도쿄로 옮겨달라고 신청하면 동네방네 소문이 날 것이다. 이 비좁은 시골 성시에 개인정보보호는 없는 거나 마찬가지다. 그 증거로 오랫동안 별거한 포목점 부부가 작년에 몰래 이혼 서류를 제출했는데, 다음 날 동네에 소문이 쫙 퍼졌다. 포목점 부인은 아무한테도 말하지 않았는데 이 지경이라면서 격노했다.

어쩌면 좋지. 그래, 그러고 보니 동급생이 주민과에서 아르바이트를 하니까 부탁하면 몰래 처리해주지 않을까?

"맞선 상대를 전부 거절했을 경우 말입니다만, 전원 다 테러박멸대로 들어가는 것은 아닙니다. 예를 들어 의사나 간호사 자격이 있는 사람은 낙도나 벽지에서 의료 활동에 종사하게 됩니다."

"어? 낙도라고?"

국회의원의 설명에 놀라 고개를 들었다.

"으응? 간호사라면 네 얘기잖아."

괜찮을지도 모르겠다. 여기 있는 것보다는…….

역시 나는 엄마에게서 벗어나고 싶다고 간절하게 바라나 보다. 시골이 싫어서 도시로 나가고 싶은 것이 아니다. 엄마에게서 도망칠 수 있다면 지금 같아서는 낙도든 벽지든 흔쾌히 갈 수 있을 것 같다.

어떤 감정을 느끼는지 이렇게 의식적으로 확인하지 않으면 자기가 진심으로 바라는 것이 무엇인지 흐릿해진다. 나이를 먹어서 그런 것이 아니라 어려서부터 쭉 그랬다. 엄마가 기뻐하는 얼굴을 보고 싶어서 여러모로 참으며 살아온 탓에 본인의 감정을 뒤로 미루는 버릇이 들었다.

"요시미, 낙도라면 불편하겠지?"

"응, 배가 하루에 한 편씩만 있다거나."

하지만…… 바다에 둘러싸였으니까 신선한 생선을 먹을 수 있겠지?

"벽지에 간다 해도 또 큰일이겠어."

"응, 산속이라면 즐길 만한 게 하나도 없겠다."

하지만…… 산나물이나 쌀이 맛있을 거야. 낙도가 됐든 벽지가 됐든 그 지역 자체가 마음에 들 수도 있다.

정부가 파견하는 것이라 월급도 보장될 테니 차라리 그 땅에 뼈를 묻을 각오로 일하며 살아도 좋다.

세간에서는 추첨맞선결혼법을 두고 비인도적이라고 비난을 퍼붓는데, 요시미에게는 인생 선택지를 늘려주었다. 아니, 단순히 늘려준 정도가 아니라 눈앞이 탁 트인 기분이다.

"그래도 요시미, 테러박멸대에 가는 것보다는 낙도나 벽지가 훨씬 낫지 않겠니?"

엄마가 떠보는 눈빛으로 쳐다보았다. 그 눈이 무서웠다. 모든 것을 들킬 것만 같았다. 그래서 시선을 피했다.

"비데가 없으면 싫은데."

이럴 때는 딴소리를 하는 게 최고다.

"그거 얼마나 한다고, 엄마가 사주면 되지."

엄마가 소리 내어 웃었다.

아버지가 살아계셨을 적에는 엄마의 웃음소리를 거의 듣지 못했다. 아버지가 간경변증으로 돌아가셨을 때 얼마나 해방감을 느꼈는지 모른다. 매 맞는 엄마를 두 번 다시 보지 않아도 된다고 생각하면 아버지의 죽음이 조금도 슬프지 않았고, 장례식 때도 눈물이 나지 않아 민망했을 정도다.

꽤 오랫동안 다른 가정도 다 오십 보 백 보라고 믿었다. 초등학생 때는 동급생이 "요시미네 아빠는 다정해 보여서 부러워. 우리 아빠는 맨날 공부해라, 공부해라 야단만 쳐서 싫어"라며 부러워한 적도 있다. 그 정도로 아버지는 밖에서는 꽤 평판이 좋았다. 그래서 남자란 겉으로는 자상한 듯해도 하나같이 술을 좋아하고 집에서는 폭력을 휘두르는 종족이라고 생각했다.

어려서부터 요시미는 엄마의 유일무이한 희망의 별이었다. 불쌍한 엄마가 조금이라도 기뻐하기를 바라며 최선을 다해 공부했다. 그 덕에 초등학생 때부터 공부 잘하는 모범생이었다. 그리고 엄마가 맨날 했던 말, 남자에게 기대지 않고도 혼자 벌어서 먹고사는 여자가 되어야 한다는 말을 실현하기 위해서 더 열심히 공부했다.

고등학교를 졸업하고 이웃 현의 국립대학교 간호학부에 입학해 사 년간 기숙사에서 살았다. 아버지가 없는 환경에서 사는 것이 이렇게 편할 줄은 상상도 못 했다. 한편, 집에 남겨 둔 엄마가 걱정되어 미칠 것 같았다. 혹시 지금 이 순간에도 엄마가 아버지한테 맞고 있을지 모른다는 생각에 밤마다 눈물을 흘렸다.

대학을 졸업하고 엄마의 바람대로 집으로 돌아와 고향의 시립병원에서 간호사 자리를 구했다. 아버지는 그로부터 사 년 후에 병으로 세상을 떠났다.

병원에서 일하기 시작해 얼마 되지 않아 남자 친구가 생겼다. 같은 병원에서 근무하는 세 살 연상의 약사였다. 조용하고 다정한 사람이어서 엄마도 틀림없이 좋아할 줄 알았다. 그의 집도 그리 멀지 않아서 각자의 본가 중간 지점쯤에 집을 얻어 살자고 둘이서 계획을 세웠다.

그를 소개했을 때 엄마가 했던 그 말을 지금도 잊지 못한다.

"다정해 보이지만 눈빛이 저런 사람은 주의해야 해."

찬물을 맞은 기분이었다.

그때 요시미는 남자의 성실함보다 엄마의 통찰력을 믿었다. 고작 스물세 살이었던 자신과 달리 엄마는 산전수전 다 겪으며 살아왔으니까 사람 보는 눈이 있다고 굳게 믿었다.

다정다감해 보여도 알고 보면 결혼하자마자 돌변해서 아내를 때리는 사람일 것이다……. 그렇게 생각하고 큰 충격을 받았다.

그와 헤어진 후로 종종 친척들로부터 혼담이 들어왔지만 엄마가 죄다 난색을 보이며 거절했다.

"아무튼 결혼이라는 사적인 일에 국가가 개입하는 것은 세계적으로 보아도 전대미문이에요. 국가의 수치입니다. 그건 아니라고요!"

야당의 여성 의원이 흥분해 벌게진 얼굴로 열변을 토하는 모습이 클로즈업되었다.

그 말을 들은 오노데라 의원은 기가 죽기는커녕 기다렸다는 듯이 크게 숨을 들이마셨다. 지금부터 속사포로 공격하겠다는 기세였다.

"전대미문이라고요? 무슨 그런 말씀을 하십니까. 중국의 '한 자녀 정책'을 생각해보세요. 아이를 둘 낳으면 고액의 벌금을 내고 임금까지 깎였죠. 지역에 따라서 둘째를 임신했는지 아닌지 매달 강제로 검사까지 한 곳도 있다고 해요. 게다가 우리나라 역시 지난 전쟁 때는 아이를 낳아서 인구를 늘려야 한다고 입을 모아 주장하지 않았나요? 역사적으로 보아 국가가 인구 조절에 개입하는 것은 절대 드물지 않습니다."

"저출생이면 또 저출생인 대로 유리한 점도 있을 텐데."

"그러게, 엄마."

"저출생 현상의 장점도 있을 텐데요, 오노데라 의원은 어떻게 생각하십니까?"

마치 요시미와 엄마의 대화를 엿듣기라도 한 듯이 사회자가 질문했다.

"네, 일본 국토는 좁고 평지가 적어요. 거기에 일억 삼천만 명이나 되는 인구가 살고 있으니 곰곰이 생각해보면 너무 많죠. 북유럽 국가만 봐도 인구가 천만 명이 넘는 나라는 없어요. 도쿄만 해도 천만 명 이상 산다는 점을 생각하면 그 나라의 인구가 얼마나 적은지 알 수 있죠. 예를 들어 스웨덴은 일본보다 국토가 넓은데 총인구는 약 구백만 명입니다. 인구가 적어도 세계적으로 유명한 기업이 몇 개나 있고 생활 수준도 매우 높아요. 그러니 인구가 적은 것 자체는 문제가 아니라고 저도 생각합니다. 하지만 말이죠. 어디까지나 인구 피라미드의 형태가 붕괴하지 않을 때의 이야기입니다. 일본은 피라미드의 형태가 갈수록 무너지고 있어요. 즉, 저출생 현상이 지금보다 더 진행되면 역피라미드 형태가 되어 노령 인구를 지탱할 수 없게 됩니다!"

오노데라 의원의 목소리가 갈수록 커졌다.

야당의 남성 의원이 손을 들었다.

"외국인 노동자를 늘리면 되잖습니까? 일본에서 일하려는 외국인이 얼마나 많은데요."

그 의견에 경찰청 장관이 기민하게 반응했다.

"농담하십니까? 설마 진심으로 하시는 말씀은 아니죠? 차별적인 발언은 가능하면 하고 싶지 않지만 솔직히 말씀드려서 치안 악화와 외국인 유입 인구의 증가가 비례합니다. 지금은 수감자들의 국적도 다양해져서 교도소 내 공동생활에 어려움이 많아졌습니다. 게다가 통역을 고용하는 비용도 매년 증가해서 이대로 가다가는 삼십 년 후에 어떤 끔찍한 사태가 발생할지도 모릅니다. 가난한 나라에서 온 사람들 눈에 일본 교도소는 삼시 세끼 하얀 쌀밥을 먹을 수 있는 천국이니까요. 이걸 가지고 차별 발언이라고 욕하실 거면 어디 마음대로 해보시지요."

경찰청 장관의 주장에 야당 의원들이 어떻게 반론을 펼칠지 귀를 세웠지만 아무도 입을 열지 않았다. 그 대신에 그때까지 가만히 있던 여당 의원이 이때라는 듯이 공세에 나섰다.

"이보세요, 현재도 육십오 세 이상 고령자 비율이 20퍼센트를 넘었어요. 이대로 저출생 현상이 진행되면 2025년에

는 30퍼센트, 2055년에는 40퍼센트에 근접한다는 예측도
있어요. 연금 지급 연령도 단계적으로 올라가 나중에는 구
십 세나 되어야 받게 될 수도 있습니다. 아흔이라고요 아흔.
간병보험제도 역시 사라질 겁니다. 그러니까 지금, 바로 지
금 저출생 현상을 어떻게든 극복해야 한다 이 말입니다!"

"나중 일 따위 알 게 뭐야. 그때쯤이면 난 죽고 없는데."

나왔다. 엄마의 본성.

엄마는 자기가 죽은 후에 세상이 어떻게 되든 관심이 없
다. 자기애와 자기연민으로 똘똘 뭉친, 역시나 자기밖에 모
르는 사람이다.

텔레비전 토론회에서 오노데라 의원이 점점 더 적극적으
로 나섰다.

"도시는 그나마 괜찮습니다. 하지만 지방을 보세요. 저출
생 현상만으로도 힘든데 젊은이가 도시로 유출되잖아요. 그
래서 이미 오래전부터 지방의 고령자 비율이 상당히 높았습
니다. 간병이나 의료 노동력도 이미 감소하기 시작했어요.
즉, 지방은 고령자만 있고 간병할 사람이 없는 비참한 상태
가 되었다는 소리입니다."

"엉뚱한 소리도 다 하네. 노인들이라고 죄다 간병인이 필
요할 거라 생각하나? 사람마다 다른 문젠데. 뭐 나는 딸이

있으니까 아무 걱정이 없다, 그렇지?"

엄마가 동의를 구하듯이 쳐다보아 허둥지둥 고개를 끄덕였다.

혹시 엄마가 간호사라는 직업을 권한 것도 당신의 전속 간병인을 확보하기 위해서인가?

설마…….

엄마한테는 나라는 돌봐줄 사람이 있으니까 괜찮겠지만 내 노후는 어떻게 될까.

지금 와서 후회해봤자 늦었지만 애인이었던 약사에게서 아이라도 가질 것을 그랬다. 헤어진 후 병원에서 마주칠 때마다 그는 괴로운 표정을 지었으나, 삼 년쯤 지난 어느 날부터 표정이 눈에 띄게 밝아졌다. 당시 '미스 시립병원'이라고 불리던 임상검사 기사와 결혼한다는 소식을 들었을 때, 그럴 자격이 없는 것을 알면서도 감당하지 못할 정도로 충격을 받았다. 본인이 찼으면서 어이없게도 그가 여전히 자신을 사랑한다는 믿음에 의지해 살았다.

미스 시립병원은 입사 일 년 차답게 풋풋하고 생기 넘쳤고, 요시미도 호감을 느낄 정도로 눈치도 빠르고 성격까지 밝았다. 둘은 결혼하고 반년도 지나지 않아 쌍둥이 남자아이를 낳았다.

엄마에게 과연 사람 보는 안목이 있을까? 아무리 생각해도 그가 미스 시립병원과 결혼하고 폭력 남편으로 변했을 것 같지 않다. 요즘도 집안에서 요리나 빨래도 열심히 하고 아들 바보로 유명하다는 소문이 자자하다. 거짓말은 아닐 것이다. 아내가 지금도 환하게 웃으며 활발하게 일하는 것이 최고의 증거였다.

생각해보면 그는 강력한 운이 따르는 사람이었다. 나 같은 여자와 결혼하지 않아 다행이다. 하마터면 내 우울한 인생에 발을 들일 뻔했으니.

같은 병원에서 일하기 때문에 어쩔 수 없이 그와 자주 마주칠 수밖에 없다. 그럴 때마다 그는 요시미를 피하지도, 특별히 친근하게 굴지도 않았다. 그래, 마치 과거를 깔끔하게 잊은 것처럼 서글서글 웃으며 예의 바른 태도를 보였다.

그의 차에서 정열적인 키스를 수없이 나눴던 달콤한 과거를 그는 이제 회상하지 않겠지. 그러나 요시미는 잊지 못했다. 지금까지 사귄 남자는 오로지 그 한 사람뿐이니까.

마치 이쪽이 매정하게 차인 것 같은 기분이었다. 복도에서 마주치면 이번에는 요시미가 괴로운 표정을 짓는 처지가 되었다.

그와 사귄 것도, 요시미가 그를 찬 것도 직장 사람들 모두가 안다. 그래서 그가 결혼한 후에는 더 웃으며 다녀야 했다. 후회하는 기색을 드러낼 수 없었다. 머리만 복잡해져 아침마다 출근하기 싫은 날이 부쩍 늘었다.

그래도 추첨맞선이라는 기회가 찾아왔다. 지금까지는 그가 인생에서 처음이자 마지막 애인이라고 체념하고 있었다. 결혼 따위 일찌감치 포기했다. 그런데 추첨맞선이 나타났다.

아아, 추첨맞선…….

이 단어를 입에 담기만 해도 가슴이 뛰었다.

물론 다정하고 잘생기고 머리도 좋고 멋있는 왕자님을 만나리라는 행복한 상상은 해본 적도 없다. 그래도 결혼해서 엄마 곁을 떠날 수 있다. 즉, 맞선은 제 발로 자유를 향해 나아가는 첫걸음이다.

소문에 따르면 정부에 제출할 서류에는 맞선 상대에게 바라는 희망 사항을 딱 한 가지만 적을 수 있다고 한다.

뭘 적어야 할까?

다정한 사람?

마음이 넓은 사람?

아니다. 성격을 누가 어떻게 판단하겠는가. 아마도 연봉이나 학력이나 가족 구성 같은 객관적으로 판단할 수 있는 사항을 적어야겠지.

그래, 술을 안 마시는 사람이라고 적어야지. 이게 최고다.

"아이고, 잘 먹었습니다."

엄마가 밥그릇과 접시를 쟁반에 담아 개수대로 옮겼다. 그 뒷모습을 보는데 갑자기 죄책감이 몰려왔다. 생각보다 엄마의 등이 작고 왜소했다. 게다가 기분 탓인지 허리도 굽어 보였다.

엄마와 딸 둘뿐인 가정이다.

그 무엇과도 바꿀 수 없는 엄마이다.

나는 매정하기 짝이 없는 인간일까? 예순다섯이 된 엄마는 고생한 탓인지 제 나이보다 훨씬 늙어 보인다. 그런 엄마를 혼자 남겨두고 딸은 도쿄로 가려고 한다.

하지만 역시……

역시 엄마에게서 도망치고 싶다.

엄마와 함께 있으면 원망스러워 죽겠다가도 밤에 혼자 방에 있을 때나 엄마의 등을 볼 때면 안쓰러워서 마음이 무겁다. 엄마의 인생이 너무 비참했으니까. 아버지가 그런 인간이었으니까. 그런데도 자식을 위해 이혼하지 않고 견디며 살았다. 그러니까 꼭 나쁜 뜻이 있어서 결혼을 방해한 것은 아니겠지. 딸의 행복을 진심으로 바라기에 상대를 엄선하려는 것이다. 그런 엄마를 성가시게 여기다니 피도 눈물도 없는 인간이다.

그래도…… 역시 자유로워지고 싶다. 결혼도 하고 싶다.

추첨맞선결혼법이 세상을 떠들썩하게 한 후로 매일 같이 속으로 갈등하고 있다.

"그러고 보니 감이 있었지. 하나 먹자꾸나."

엄마가 그릇을 개수대에 담그고 큰 감 하나를 들고 돌아왔다.

"추첨맞선에서 말이야, 장모랑 동거해도 괜찮다고 할 신랑을 만날 수 있을까?"

엄마가 감 껍질을 깎으며 물었다.

"없겠지."

"그렇겠지? 나만 없었으면 너도 일찌감치 시집을 갔을 텐데."

"엄마, 그런 소리 하지 마. 내가 결혼을 안 한 건 엄마 때문이 아니니까."

말은 이렇게 하지만 큰 병 한 번 앓은 적 없는 엄마니까 앞으로 삼십 년은 거뜬히 살지 않을까? 이대로 여기에 머물면 분명 나는 망가지고 만다.

꼭 엄마를 버리겠다는 소리는 아니다. 아주 잠시라도 좋으니까 엄마에게서 해방되고 싶을 뿐이다. 자유로운 공기를 마시고 싶었다.

"전에 말했지? 다음 주부터 일주일간 도쿄에서 연수가 있어."

거짓말은 아니었다. '암 환자와의 커뮤니케이션 트레이닝 세미나'가 이틀간, '간호사의 활동에 관한 완화 케어팀 세미나'가 하루 동안 있다. 합치면 사흘간인데 앞뒤로 유급 휴가를 써서 도쿄에서 살 집을 찾을 생각이다.

정말 오랜만에 자기 자신을 위해 쓰는 휴가이다. 요시미가 일하는 병원에서는 일 년에 한 번 휴가를 몰아서 쓸 수 있는데, 그때마다 엄마와 같이 여행을 다니곤 했다. 그것도 대부분 엄마가 원하는 온천이었다. 온천 여행이 엄마의 유일한 도락이고, 엄마에게는 친구가 없으니 어쩔 수 없다. 그렇다고 일 년에 한 번뿐인 휴가를 앞으로도 평생 엄마를 위해 써야 할까? 간호사라는 직업에는 가혹한 노동이 따라온다. 스트레스가 쌓여 몸과 마음이 매일 문드러진다. 그러니까 일 년에 한 번뿐인 휴가쯤은 남을 돌보지 않고 오로지 나만을 위해 시간을 보내고 싶다.

"참, 요즘 허리가 다시 아픈데. 내일 아마 조기 출근이었지? 정형외과에 첫 번째로 예약 좀 잡아주겠니?"

"응, 알았어."

"매번 가지고 가는 과자면 될까?"

"엄마, 과자 같은 건 됐다니까."

"그럴 순 없지. 우리 딸이 매일 신세를 지는 곳인데."

엄마는 병원에 오면 모든 진료과를 찾아가서 과자를 돌리며 인사한다. 마지막에는 간호부장실에 들러 잠깐 잡담을 나누다가 돌아간다. 간호부장과는 아버지가 살아 있을 때부터 알고 지내는 사이로, 간호부장은 엄마의 갈비뼈와 코뼈가 부러졌을 때도 자기 일처럼 돌봐주었다.

역시 무리다.

아무리 생각해도 무리다.

엄마에게 비밀로 도쿄에 간다니…….

병원에 사표를 낸 순간 소문이 돌 것이다. 엄마 귀에 안 들어갈 리가 없다. 그리고 무슨 요술을 부려도 도쿄에 몸만 갈 순 없다. 엄마 모르게 이사 준비를 하고 짐을 옮기는 것 자체가 불가능하다. 엄마는 늘 집에 있고 어지간해서는 집을 비우지 않으니까. 딸과 여행할 때 말고는 외박한 적도 없다.

"저기 엄마, 나 도쿄에 갈까 생각 중이야."

"연수로 간다며? 지금 말했잖니."

"아니, 그게 아니라 도쿄 병원에서 일하고 싶어서."

엄마가 말없이 의심스러운 시선을 던졌다. 섬뜩했지만 여기에서 물러설 수 없으니 깊이 숨을 들이마셨다.

"나 도쿄에 연수를 받으러 갈 때마다 생각했는데, 도시의 대형 병원이 시설도 훨씬 낫고 배울 점도 많아. 규모가 하나부터 열까지 다르거든. 앞으로도 나는 간호사로 일할 테니까 최첨단 현장에서 일해보고 싶어."

"어라, 그런 기특한 생각을 다 했니? 향상심이 있구나. 대단해. 엄마가 미처 몰랐네."

엄마의 표정이 부드러워졌다.

"그래, 네 생각이 정 그러면 엄마도 도쿄가 됐든 미국이 됐든 어디든 같이 가주마."

"어? 엄마도?"

무심코 되물었다.

순간 엄마의 얼굴에서 미소가 사라졌다.

"요시미, 너 혼자 도쿄에 갈 생각이었니?"

"그야, 추첨맞선이 있을 거잖아. 엄마랑 같이 있으면, 동거하기 싫다고 생각하는 사람도 있을 거 아니야. 그보다는 엄마는 시골에서 정정하게 살고 계신다고 해야 상대방도 결혼하겠다고 결심하기 쉽지 않겠어? 그래서 결혼까지 밀어붙이면 어떻게든 이유를 둘러대서 엄마를 도쿄로 모시고 오려고."

"그거 너무 치사하지 않니?"

"응, 조금 비겁한 방법 같긴 한데."

쓴웃음을 지어 보였다.

"그게 아니라 그런 수까지 써서 결혼하려는 게 치사하다는 소리야."

순간 피가 거꾸로 솟는 기분이었다.

수컷에 눈이 먼 암컷 같다고 비난하는 건가?

강렬한 외로움이 온몸을 덮쳤다.

장수의 나라 일본.

역시 도쿄로 가자.

∞

후유무라 나나는 서른 살이고, 라디오국에서 일한 지는 칠 년이 되었다.

입사하고부터 쭉 〈잊지 못할 한 곡〉이라는 음악 방송과 〈새빨간 얼굴의 천국, 야한 대실패〉라는 예능 방송의 제작 스태프로 일한다. 스태프라고 하니 그럴싸하게 들리지만 주된 업무는 엽서 분류다.

그날 오후에도 평소처럼 넓은 책상을 네 명이 둘러싸고

앉아 리퀘스트 엽서를 분류하고 있었다. 나나 옆에는 주부 아르바이트 직원인 다구치 미쓰코, 맞은편에는 대학생 아르바이트생 마코와 하즈키가 나란히 앉아 있었다.

라디오에서 국회 중계가 흘러나왔다. 평소에는 그런 딱딱한 방송은 듣지 않는데, 오늘은 추첨맞선결혼법 국회 표결날이어서 예외였다.

"저런 법안, 너무 웃기지."

"생각만 해도 소름 끼쳐."

여대생 둘이 입을 모아 말했다.

라디오국 아르바이트는 대학생들 사이에서 절대적인 인기다. 아르바이트인데도 경쟁률이 높다. 이 두 사람처럼 유명 대학 방송 동아리 출신이거나 방송국에 인맥이 있는 사람만 채용된다.

"그래도 설마 저런 법안이 통과될 리가 없으니까."

미쓰코가 웃었다. 서른다섯 살인 미쓰코는 라디오국 윗선에 친척이 있어서 작년부터 일주일에 사흘만 출근한다.

요즘은 이 법안 이야기를 자주 나눈다. 이렇다느니 저렇다느니 정보를 교환하다 보니 추첨맞선결혼법에 대해 빠삭하게 알고 있다. 절대 통과될 리 없다고 생각하니까 무책임한 의견을 나누며 즐기는 것이다.

"상자는 이걸로 마지막인가?"

미쓰코가 방을 둘러보며 말했다.

엽서 분류는 두 단계로 이루어진다. 먼저 우체국에서 도착한 상자에 든 산더미 같은 엽서를 방송에 따라 나눈다. 수신인명에 '○○ 담당자'라고 방송명이 적혀 있으므로 그것을 보고 해당 방송 상자에 넣으면 된다. 이 작업은 머리를 쓰지 않아도 되니까 수다를 떨며 할 수 있다.

"그럼 이제 우리 방송을 분류해볼까?"

아르바이트 신분이면서 제일 연장자라는 이유로 미쓰코는 늘 리더처럼 군다.

"나랑 나나가 〈잊지 못할 한 곡〉을 할 테니까 학생 여러분은 〈새빨간 얼굴의 천국〉을 분류해줘."

엽서로 이루어진 산에는 선물을 응모하는 엽서도 있다. 선물에도 여러 종류가 있어서 나눠야 한다. 이것도 머리를 쓰지 않는 작업이다.

그 작업까지 마치면 드디어 머리를 쓰는 일이다. 엽서 내용을 살펴 재미있다 싶은 것을 네 명이 각자 세 장씩 골라 진행자에게 준다.

〈잊지 못할 한 곡〉의 진행자는 나나보다 두 살 연하인 여성 가수이고, 〈새빨간 얼굴의 천국, 야한 대실패〉는 중년의 남성 코미디언이다.

나나가 불만인 것은 이 엽서 선별 작업에도 아르바이트들이 똑같이 참여한다는 점이다. 넷 중에서 정규직 사원은 나나뿐이니까 혼자 하고 싶다. 그러나 생각만 할 뿐이지 상사에게 직접 건의한 적은 없다. 왜냐하면 두 방송의 진행자 모두 여대생들이 고른 엽서를 선택할 때가 많기 때문이다.

"추첨맞선결혼법안의 표결이 시작되었습니다."

국회의원이 한 명 한 명 앞으로 나가 투표하는 상황을 라디오에서 중계했다. 국회의원 수가 많으니 끝날 때까지 시간이 걸린다.

"맞선 대상이 스물다섯 살부터 서른다섯 살까지로 한정이니까 우리 중에서 해당하는 사람은 나나 씨뿐이네요. 만약에 법안이 통과되면 나나 씨는 어떻게 할 거예요?"

마코가 물었다.

"나나는 상관없지. 사귀는 사람이 있으니까."

미쓰코가 나나를 대신해 대답했다.

미쓰코의 말대로다. 이 법률은 내년 4월에 시행된다. 그때까지 결혼하면 추첨 대상에서 제외된다.

"나, 나나의 남자 친구를 한 번 본 적 있어. 진짜 잘생겼더라. 연예인 같았어."

"와, 정말로요?"

"진짜요? 부럽다."

여대생 둘 다 말과 달리 전혀 부럽지 않은 표정이었다.

"찬성 다수로 가결되었습니다."

라디오에서 들린 의장의 목소리에 모두가 하던 일을 멈췄다. 눈을 휘둥그렇게 뜨고 서로 얼굴을 마주 보았다.

"진짜?"

"말도 안 돼."

여대생들은 넋이 나갔다.

"일찌감치 결혼하기를 잘했네."

미쓰코가 크게 한숨을 내쉬었다.

"우리도 스물다섯 살이 되면 추첨맞선을 봐야 하는 거네. 마코, 어쩌지?"

"죽어도 싫어. 방송 제작하는 일을 할 수 있으면 결혼은 안 해도 된단 말이야. 하즈키, 너도 그렇게 생각하지?"

"당연하지. 나는 진행자가 되고 싶어. 겨우 결혼 때문에 꿈을 포기하고 살 수는 없어."

여기에서 아르바이트하는 학생 대부분 졸업 후에 언론사 쪽으로 취업한다. 그중에는 방송국의 아나운서 시험을 보는 학생도 있다.

여대생들의 말을 들으며 미쓰코는 멍하니 허공을 올려보다 나나를 돌아보았다.

"어린 학생들은 꿈이 있어서 부럽네. 우리는 앞으로도 계속 아침부터 밤까지 엽서나 분류할 텐데."

주부 아르바이트 직원과 똑같이 취급하지 말았으면 좋겠다.

나나는 세 살부터 피아노를 배웠고 음대에 들어갔다. 집에는 방음장치를 한 연습실도 있다. 하지만 음대를 나왔어도 전공을 살려 일할 수 있는 곳은 없었다. 프로가 되는 사람은 겨우 한 줌에 불과해서 동급생 대부분이 시급 1,200엔(약 12,000원)을 받는 피아노 선생님이 되었다.

나나는 운 좋게 큰아버지의 빽으로 라디오국에 취직했는데, 피아노와 전혀 관계없는 직장인데도 동급생들이 얼마나 부러워했는지 모른다. 어떤 기업이든 정규직으로 채용되는 것 자체가 선망의 대상이었다.

"나는 결혼하면 일을 그만둘 거라서요."

"그러면 아깝잖아, 나나."

"그래요? 이렇게 시시한 일만 하는데 아까울 게 뭐가 있어요."

"나나, 생각보다 세상을 잘 모르네. 이렇게 편한 일을 하면서 정규직이라니 요즘 세상에 드물다고. 우리는 낮은 시급을 받으면서도 이렇게 꾹 참고서 하잖아. 똑같은 일인데 너는 정규직이란 이유만으로 월급도 훨씬 많이 받고 보너스도 받잖아? 너무 불공평해서 나한테는 엄청난 스트레스란 말이지."

분위기가 험악해졌다. 화제가 이런 식으로 흘러가는 것도 하루 이틀 일이 아니다. 미쓰코만 없으면 내 스트레스 또한 줄어들 텐데.

"나한테 그런 말을 해도……."

나나가 중얼거리자 미쓰코는 여대생들 쪽을 쳐다보았다.

"너희는 나보다 더 불쌍하지. 대학생 시급이 아마 나보다 100엔(약 1,000원)인가 낮았지?"

"우리는 시급이 얼마든 상관없어요. 여기에서 일하는 것만으로도 행운이니까요. 라디오국에서 아르바이트할 수 있으면 무료 봉사라도 하겠다는 애들이 얼마나 많은데요."

"어머, 그래? 마코도 그렇게 생각해?"

"네, 얼굴을 익혀두면 취직할 때 유리하니까요. 그리고 라디오국의 분위기를 느끼기만 해도 행복해요."

어린 두 사람은 미래를 꿈꾸며 의욕이 넘친다. 저런 여자들과 같이 있는 것도 너무 지친다. 그들 속에 있는 나 자신이 얼마나 무능한지가 무참히 드러나는 것 같아 비참해지니까.

나나는 거실 소파에 앉아 텔레비전을 보고 있었다.

"제정신이 아니라니까. 결혼 상대를 추첨으로 정하다니."

한숨도 잠시, 엄마는 어차피 자기와는 상관없다고 생각하는지 무릎에 올린 카탈로그에 푹 빠졌다.

"저출생 현상이 지속될 경우 사회가 어떻게 변할지에 대해서는 다양한 예측을 해왔습니다. 일본은 작은 섬나라이니 인구가 조금 줄어드는 편이 낫다는 한심한 소리를 하는 의원들을 보면 참 기가 막혀요."

오노데라 의원이 그냥도 잘 들리는 목소리를 더욱 높여 주장했다.

"땅값이 내려가서 내 집 장만이 쉽다느니, 출퇴근 지옥이 해소된다느니, 이런 사소한 문제가 아니란 말입니다. 대국적으로 보지 못하는 사람은 국회의원으로서의 자질이 부족하다고 봅니다."

"선거 유세가 아니니까 저런 소리는 됐어. 그보다 추첨 방법이 중요하니까 자세하게 설명하라고."

아빠가 커피잔을 한 손에 들고 얼굴을 찡그렸다.

아빠는 토목 관련 회사를 경영한다. 일 년 내내 바쁜 아빠가 이렇게 가족과 함께 텔레비전을 보는 것은 오랜만이었다. 아니, '가족과 함께'라는 표현은 틀렸다. 왜냐하면 아빠는 언제나 화가 난 상태여서 가족과 대화 자체를 나누지 않는 사람이다. 그래서 아빠가 집에 있으면 집안 분위기가 팽팽하게 긴장된다. 초등학생 때부터 아빠와 한 공간에 있기만 해도 마음이 늘 불편했다.

"국회의원이라면 국민의 생활에 미칠 마이너스적인 면을 항상 예민하게 파악해야 합니다. 저출생으로 인해 경제나 사회의 활력이 저하되고 인구 공동화로 인해 커뮤니티가 무너질 위험성을 야당 여러분은 대체 어떻게 생각하십니까? 출산은 경제를 활성화합니다. 출산은 여성뿐만 아니라 유아 시장, 아동 시장, 교육 시장, 손주를 사랑하는 조부모 시장까지 만들어냅니다."

"그렇다면 경찰청 장관의 의견은 어떠십니까?"

사회자가 오노데라 의원의 당당한 연설에 전혀 반응하지 않고 경찰청 장관에게 시선을 옮겼다.

"아시다시피 오늘날은 감사하게도 이 땅에 생명을 받아 태어났음에도 쾌락이 목적인 범죄나 부모의 학대 끝에 자녀가 살해당하는 사건이 끊이지 않습니다. 사흘에 한 명꼴로 희생자가 발생한다는 데이터도 있습니다. 안 그래도 아이가 적은데 이런 비참한 사건으로 아이의 수가 더욱 줄어드는 실정입니다."

"잠깐만요. 자꾸만 살해당하니까 더 낳으라는 소린가요? 대체 여성을 뭐라고 생각하는 겁니까?"

야당 측 여성 의원의 목소리가 날아들었다.

"아니요. 절대 여성을 경시하는 의미에서 한 발언이 아닙니다. 부디 오해하지 말아 주시기를 바랍니다."

경찰청 장관은 바지 주머니에서 수건을 꺼내 연신 땀을 닦으며 말을 이었다.

"묻지마 범죄 같은 무차별 살인의 가해자는 주로 젊은 층에 집중되어 있습니다. 그것도 예외 없이 여자 친구가 없는 남성 청년입니다. 그들이 왜 이렇게 자포자기하는가, 바로 미래에 희망의 빛이라곤 보이지 않기 때문입니다. 남성은 여성에게 인기가 없으면 모든 인격을 부정당한 것처럼 충격을 받아요. 그러나 추첨맞선 덕분에 장래 반드시 누군가와 결혼하고 가정을 꾸릴 수 있다는 희망을 품으면 큰 안도감으로 이어지고, 나아가 묻지마 범죄가 줄어드는 결과를 가져옵니다. 반드시 그렇게 될 겁니다."

"저걸 제정신으로 하는 소린가? 그런 남자를 떠맡은 여자 입장이 되어 보라고."

엄마가 황당하다는 듯이 말했다.

"추첨이라도 설마 완전히 무작위는 아니겠지. 학력이나 경제력이 어느 정도 맞는 상대가 당첨되도록 고려할 거야."

아빠가 혼잣말치고는 큰소리로 중얼거렸다. 누가 대답해 주기를 기대하는 것도 아니고, 가족이 무슨 의견을 내든 무시하는 것도 매번 있는 일이다.

"맞다, 엄마가 저번에 사준 목걸이. 회사 사람들이 예쁘다고 아주 난리가 났어."

"그러니? 기쁘구나. 사준 보람이 있네."

거실이라는 한 공간에 있어도 대화는 엄마와 나만 나눈다. 아빠와는 마치 중간에 유리 칸막이라도 쳐진 것처럼 공기가 통하지 않는다. 세 살 위인 오빠가 결혼해서 분가해 나간 뒤로 그 유리는 한층 더 두꺼워진 것 같다. 아빠는 인생의 의미를 오로지 일에서만 찾지 아내나 자식은 안중에도 없다.

대학을 졸업하고 라디오국에서 일을 시작했을 때, 아빠는 업무 내용이 뉴스와 관련이 있는지 유난히도 신경을 썼다. 아빠가 생각하기에 언론사와 관련해서 의미가 있는 일은 보도뿐인가 보다.

그래서 아빠에게는 뉴스 방송 대본 쓰는 일을 한다고 말해두었다. 엄마가 그러는 편이 무난하다고 충고했기 때문이다. 그래서 아빠와는 회사 얘기도 나누지 못한다.

"지금까지의 저출생대책은 실패했다는 평인데요, 예를 들어 어린이집이 부족하니까 늘려야 한다고 삼십 년 전부터 말이 나왔으나 여전히 어린이집은 부족합니다. 이렇게 현재 달성하지 못한 문제부터 처리해야 하는 것 아닌가요?"

야당의 여성 의원이 파고들었다.

"어린이집, 어린이집, 정말 지겨워 죽겠어. 내가 이십 대 일 때부터 저 소리를 들었다니까."

그렇게 말하며 엄마가 카탈로그에서 고개를 들어 아빠의 옆모습을 힐끔 쳐다보았다.

"과거 행정에 비추어도 일본의 어린이집은 앞으로도 계속 부족하리라는 생각이 드는데요, 오노데라 의원은 이 의견에 대해 어떻게 생각하십니까?"

몇 번을 봐도 인상에 남지 않는 밋밋한 사회자가 표정 하나 바꾸지 않고 살짝 비꼬듯이 물었다.

"지금은 실로 인간으로서 원점으로 돌아갈 때입니다."

오노데라 의원이 말했다.

그건 또 무슨 말씀이신지? 반문하듯이 사회자가 살짝 고개를 갸웃거리며 오노데라 의원을 보았다. 그를 한 수 얕잡아보는 것처럼 보이기도 했다.

"그러니까 결혼이라고요, 결혼. 어린이집이니 아동수당이니 늘려도 다 소용없어요. 요즘 젊은 사람들은 아이는커녕 결혼 자체를 안 하려고 하는데. 그러니까 기혼율을 끌어올리는 것부터 시작해야 한다고요! 물론 추첨맞선으로 결혼한 부부의 아이는 최우선으로 어린이집에 들어갈 수 있게 하겠어요."

오노데라 의원의 말투가 갑자기 거칠어졌다.

"저 아줌마는 평생 운동이나 하며 살 것이지. 정치, 경제, 법 뭐 하나 제대로 아는 것도 없는 주제에 국회의원이라고. 나 원 참 같잖아서."

아빠가 침을 뱉듯이 말했다. 아빠는 누구든 우습게 본다. 자기 이외의 인간은 전부 어리석다고 생각한다.

"왠지 저 사람은 품위가 없어서 마음에 안 들어."

엄마도 한숨 섞어 중얼거렸다.

"아이 넷 낳은 거, 그거 말고는 뭐 내세울 것도 없는 사람이 국회의원이랍시고 국민을 우습게 보는 것도 적당히 해야지."

아빠도 엄마도 오노데라 의원에게 악담을 퍼부었다. 서로 하는 말이 분명 들렸을 텐데도 맞장구를 치지 않는다.

아빠는 이 법률에 관심이 많은 모양인지, 드물게도 꼼짝도 하지 않고 텔레비전을 보고 있었다. 물론 거의 모든 사람이 이 추첨맞선에 주목한다. 가까운 일가친척 중에 해당자가 없더라도 어떻게 될지 궁금한 화제이기는 하다.

그러나 아빠가 이렇게 열렬하게 관심을 보이는 것은 딸에게 중매결혼을 시키고 싶은 생각이 있어서가 아닐까. 아마도 긴바야시 란보와의 결혼이 마음에 차지 않기 때문에.

란보의 부친은 정년이 얼마 남지 않은 대학교수로, 아르투르 랭보 연구의 제일인자이다. 번역서도 출판했고, 아들 이름을 란보라고 지을 정도이니 프랑스의 천재 시인 랭보에게 얼마나 푹 빠졌는지 알 수 있다.

그와 대조적으로 나나의 아빠는 보소반도의 농사꾼 집안 출신으로, 삼 형제 중 막내다. 아빠의 아버지, 즉 나나의 할아버지는 잔병치레가 잦아 가세가 필 날이 없었다고 한다. 그래도 생계를 꾸리려고 열다섯 살 때부터 일하러 나간, 나이 차이가 크게 나는 장남과 차남의 뒷바라지 덕분에 막내인 아빠는 대학에 진학할 수 있었다. 형들은 성적이 우수했지만 어려운 형편 때문에 진학하지 못했다. 아빠는 형제들의 기대를 한 몸에 받았다. 대학을 졸업할 때까지 가족들은 근근하게 살았다고 한다.

아빠는 대학에서 토목을 배우고 건설 회사에 취직했다.

그곳에서 경영 노하우를 익힌 후, 직접 회사를 차렸다. 그리고 도로나 다리를 만드는 자신의 일을 자랑스럽게 여겼다.

근면과 노력의 상징 같은 가정에서 자란 탓일까? 대대손손 유복한 지식인 계층인 긴바야시 가문을 아빠는 싫어했다.

아빠가 훌륭하다고 인정하는 일은 인간이 살아가는 데 없어서는 안 될 것들을 다루는 일뿐이다. 즉 농업과 제조업이다. 그러니 외국 시인인 랭보를 연구하는 일 따위는 돈 많은 한량들이나 할 짓이며 인간이 먹고사는 데 아무런 쓸모도 없는 것이다.

취미로 랭보를 공부한다면 모를까 그 일로 땀 흘려 농사짓는 농부보다 더 많은 돈을 벌고 더 높은 사회적 지위까지 누리고 있다는 사실을 도저히 받아들일 수 없었나 보다.

그러나 란보의 부친이 어떤 사람이든 란보 본인은 학자가 아니고 여행사에서 일하는 여행 가이드이다. 지금은 동유럽 부서에 소속되어 체코, 슬로바키아, 헝가리 등의 관광 투어를 담당한다. 교제 초기에는 동유럽에 갈 때마다 귀부와인(말 그대로 '귀하게 부패한 와인'으로 귀부곰팡이에 의해 부패한 포도를 사용한 고당도의 와인—옮긴이)이나 체코의 보헤미아 유리를 선물로 사 왔으나 요즘은 그런 것도 부쩍 줄었다.

지금까지 란보를 몇 번 집에 데리고 왔다. 아빠도 봤는데

"제법 잘생긴 놈을 찾았구나"라는 소리나 했을 뿐이다.

"참, 엄마. 어젯밤에 사과 있다고 했잖아, 먹자."

"어머, 내 정신 좀 봐. 깜박했네. 산지 직송이니까 신선할 때 안 먹으면 의미가 없지."

엄마가 후후 웃으며 일어나 부엌으로 갔고 나나도 뒤를 따랐다. 요즘 엄마는 과일이나 과자를 주문 배송해서 먹는 것에 푹 빠졌다.

사과를 씻는 엄마의 손을 바라보며 어젯밤 란보에게 핸드폰으로 보낸 문자 내용을 멍하니 떠올렸다.

우리 언제 데이트할까?

엄마가 맛있는 레스토랑을 가르쳐주셨어.

답변이 좀처럼 오지 않았다. 오늘 드디어 답변이 왔지만.

조금 전에 빈에 도착했어.

당분간 바빠.

미안해.

이번 달에 들어서 란보를 한 번도 만나지 못했다. 이런 적은 처음이다.

"나나, 무슨 일 있니?"

엄마가 걱정스런 눈빛으로 바라보았다.

"별로 아무것도."

"엄마를 속이려고? 얼굴에 '불안하다'고 적혀 있는데?"

표정만 봐도 딸이 무슨 생각을 하는지 손바닥 보듯 훤하다고 주장할 셈인지 엄마가 빤히 쳐다보았다. 곧바로 대꾸하지 못하고 입을 다물자, 엄마가 만족스럽게 고개를 끄덕이더니 성모 마리아 같은 미소를 지었다.

"무슨 일이든 다 말해보렴. 란보랑 사이가 안 좋니?"

"응······. 조금."

"어머, 그럼 큰일이네."

엄마가 무언가를 생각하듯이 얼굴을 찡그리며 말했다.

"그때 애가 생겼으면 좋았을 텐데."

작년 이맘때, 혹시 임신이 아닐까 해서 엄마에게 털어놓은 적이 있었다. 며칠 후에 아니었다는 것을 알고 가슴을 쓸어내렸다.

엄마에게는 뭐든 숨기지 않고 말할 수 있다. 이해를 잘해주니까. 미리 이야기만 해두면 란보와 호텔에서 하룻밤 외박을 하고 들어오더라도 엄마는 전혀 잔소리하지 않았다.

오히려 아빠에게 적당히 둘러대주기까지 했다.

"내가 싫어진 걸까?"

"그건 아닐 거야."

그렇게 딱 잘라 말하는 엄마의 말에 안심이 되었다. 엄마의 말은 틀리지 않으니까.

엄마는 세상에서 가장 믿음직한 친구다. 동급생이나 회사 동료 중에도 친구야 있지만 옷을 사러 같이 가는 친구, 공연을 보러 가는 친구 등 목적에 따라 나뉜다. 어떤 얘기든 다할 수 있고 전폭적으로 신뢰하는 친구는 엄마뿐이다. 엄마와는 그 누구보다도 마음이 잘 맞고 그 누구보다도 말이 잘통한다.

"내 생각이 너무 지나치지? 란보는 지금 빈에 있어서 이법이 통과된 줄 아직 몰라. 알면 당장 청혼해줄 거야."

"그렇다는 보장은 없어. 우리 딸처럼 매력적인 여자가 싫어지는 남자는 없겠지만, 따로 좋아하는 사람이 생겼을 가능성도 있지. 사귄 지 오래됐잖니?"

그렇지 않아도 마음속에 그런 불안이 도사리고 있었는데 엄마의 정확한 지적에 마음이 동요되었다. 엄마는 무심하게 말하고 사과 껍질을 사각사각 깎았다.

란보와 사귀고 이 년 가까이 지났는데 그의 입에서 결혼이야기가 나온 적은 없다.

"애, 나나. 혼전 섹스가 자유로워진 요즘 시대에 남자한테는 결혼이 굳이 중요하지 않아. 엄마가 무슨 말을 하는지 알겠지?"

엄마와 아무리 허물없이 지낸다고 해도 이런 이야기까지 엄마와 하고 싶지 않다. 너무 적나라한 나머지 혐오감이 밀려온다.

"흥, 남자는 동물적이구나."

그냥 적당히 대답했다.

"여자 역시 동물적이지. 혼자 벌어 먹고살 수 있는 시대가 되니까 다들 결혼을 하지 않게 됐잖아. 즉 지금까지 여자들은 굶주리지 않으려고 결혼했다는 소리야."

"하지만 엄마, 결혼하면 애를 키우는 즐거움이 있잖아?"

"정말 그렇게 생각하니? 육아가 즐거울 리가 없잖아."

"그런가? 하지만 저번에 백화점에서 본 젊은 엄마들은 귀여운 아기를 유모차에 태우고 즐겁게 쇼핑만 잘하던데? 다들 미인이고 우아하고 애를 낳은 사람 같지 않게 스타일도 좋았어."

"그건 다 꾸며낸 거야. 누구든 혼자만의 인생을 즐기고 싶은 게 당연하잖니. 육아가 즐겁다고 하는 건 그렇게 자기암

시를 걸지 않으면 버티지 못하기 때문이야."

"그래도 후부키 란이던가? 그 배우 있잖아. 그 사람은 육아를 진심으로 즐기는 것처럼 보였어. 그게 연기 같지는 않은데."

"바보니? 그런 사람들은 원하기만 하면 언제든 화려한 세계에 복귀할 수 있잖아. 정해놓은 기간 동안만 아이를 본다고만 하면 그야 즐겁겠지. 예전과 달리 출산이나 육아 경험이 마이너스가 아니라 플러스로 작용하는 세상이니까. 그런데 일반 여성은 달라. 육아로 세월을 보내다가 아르바이트나 하는 아줌마가 되는 게 고작이야. 인생이 시궁창이지. 그때 일을 그만두지 않았으면 지금쯤 나도……."

이 이야기가 나오면 길어진다.

엄마는 올해 쉰다섯 살이 되는데, 이 세대의 대졸 여성은 취업난을 겪었다고 한다. 그래도 친척의 소개로 간신히 종합상사에 입사했는데, 업무라고는 남성 사원들을 보조하는 일뿐이었다. 무의미한 나날을 보내다가 의욕을 완전히 잃었을 때, 당시 회사에 출입하던 아빠와 만나 결혼하고 곧바로 퇴사했다.

엄마가 아직까지도 아쉬워하는 것은 입사 동기였던 미키코라는 여성이 지금도 현역에 있으면서 최근에 이사직까지

올랐기 때문이다.

"나나, 엄마 이야기 좀 들어봐. 내가 미키코보다 일을 훨씬 잘했단 말이다."

미키코 아줌마는 엄마의 이야기에 언제나 등장하는 인물이다.

"응, 알고 있지, 엄마."

겨우 사무 보조인데 일을 잘하고 말고를 어떻게 판단하나 싶지만 맞장구를 쳐줄 수 있는 사람은 나나뿐이다.

"엄마도 사실은 일을 계속하고 싶었어. 그런 시시한 일이라도 열심히 하다 보면 언젠가 길이 열린다는 걸 그때는 몰랐어. 알았다면 지금 여기에서 사과 따위나 깎고 있지 않겠지. 그리고 그때만 해도 동네에 어린이집이라고 하는 데도 없었으니까 결혼하면 일을 그만두는 게 당연했어. 그런 점에서 미키코는 행운아였지. 앙큼하게도."

"하지만 엄마도 대단해. 지금까지 열심히 가정을 일군 거잖아."

"그래? 그럴까?"

"그럼요. 엄마는 자신감을 가져도 돼."

"사실 어제 석간에 미키코의 인터뷰 기사가 실렸어. 사진을 보고 놀랐다. 나보다 훨씬 늙었고 뚱뚱했어. 외모만 보면 미키코가 전업주부고 내가 커리어우먼 같더라니까."

"응, 엄마는 진짜 늘 예쁘다니까."

엄마의 후회담을 그만 들으려면 칭찬하는 방법뿐이다. 겨우 자신감을 되찾았는지 엄마가 다정하게 웃었다.

"하던 얘기로 돌아와서 나나, 란보랑 헤어지는 건 안 좋아. 내년 4월이면 추첨맞선결혼법이 시행되잖니. 반년밖에 안 남았어. 그때까지 결혼할 만한 사람을 새로 찾을 수 있을까?"

"어려울 것 같아."

"엄마가 보기에 란보 정도면 아주 훌륭해. 머리도 좋고 대충 굴러다니는 연예인보다 잘생겼고 가정교육을 잘 받아서 성격도 담백하잖니. 너와 완벽하게 어울리는 상대야. 게다가 꾸미는 데 그다지 관심이 없으면서도 옷은 잘 입고."

"응, 세련됐지."

엄마가 란보를 마음에 들어 해서 기뻤다. 역시 아빠와 달리 엄마는 뭐든 이해해준다.

"아이가 태어나면 내가 돌봐줄게. 그러니까 너는 아무 걱정 말고 네 일만 계속해. 나는 그러지 못했지만 우리 딸이라면 커리어우먼이 되어서 정년까지 일할 수 있을 거야."

"그럴 자신은 없는데."

"괜찮아. 커리어우먼이라고 불리는 사람 뒤에는 반드시 그 엄마가 있어. 미키코도 그랬다니까. 운이 좋아서 어린이집에 애를 맡길 수 있고 회사에서도 정시 퇴근을 보장해주더라도 아이가 초등학교에 올라가면 힘들어진대. 그리고 엄마를 대신해 아이를 돌봐줄 사람이 집에 있으면 회사는 정시 퇴근이랑 단축 근무도 그 즉시 못하게 한다고 하더라. 요즘은 세상이 흉흉하니까 애가 열쇠를 들고 다니는 건 위험하고, 고등학교에 들어가기 전까지는 정서적으로도 불안정하니까 눈을 떼지 못하잖아. 그럴 때는 이 엄마가 도와줄게."

엄마는 요즘 들어 일하는 여성의 이모저모를 열심히 조사한다. 일하는 딸을 뒷바라지해주겠다고 열심이다. 그야 고맙지만 나나는 전업주부가 되고 싶다.

커리어우먼이라고 불릴 정도로 중요한 일을 하는 것도 아니다. 엄마가 하던 사무 보조와 별로 다르지 않을 것이다. 그러나 엄마가 심심하면 이런 소리를 하니까 차마 본심을 밝히지 못하겠다.

"나나, 란보의 마음을 확실하게 확인해두렴."

"응, 다음에 물어볼게."

"다음이 언젠데? 어떻게?"

"어떻게라니……."

"나나, 잘 들어. 시간이 얼마 없어. 뭉개고 있다가는 추첨 맞선으로 결혼하는 꼴이 될 거다. 란보의 마음을 확인하는 정도니까 지금 전화해서 물어보면 되잖아?"

하지만 도대체 어떻게 물어보라고?

나랑 결혼할 거야, 안 할 거야?

나나는 뭐든 직설적으로 말하는 타입이라 종종 오해를 받기도 하는 편인데, 그것도 사실 어디까지나 이쪽이 우위에 있을 때나 할 수 있는 일이다.

란보에게 전화하려면 몇 시쯤 해야 할까? 지금쯤 투어 손님을 안내하며 빈에서 관광버스를 타고 헝가리로 가는 도중일까? 시차가 얼마나 되지.

교제 초기에 란보는 아무리 일이 바빠도 시간을 내주었다. 전화도 자주 했고 귀국하면 시차 적응할 시간을 아까워하며 데이트를 해주었다.

"그런데 엄마, 란보는 나한테 질렸을 거야. 나도 란보랑 만나도 전혀 설레지 않아."

"그야 당연하지. 이 년 가까이 사귄 애인이랑 만날 때마다 가슴이 뛰는 사람은 심장이 어떻게 된 거야. 결혼 생활은 오십 년, 육십 년이나 이어져. 질린다느니 어쩐다느니 그딴 거 다 필요 없어. 늘 두근거리고 싶으면 결혼하지 말고 일 년에 한 번꼴로 애인을 바꿔야겠지."

"그러면 사람이 결혼하는 이유가 뭔데?"

물어보자마자 어린애나 할 질문 같다고 생각했지만, 결혼의 의미가 정말 뭔지 모르겠다.

"이 세상은 생존 경쟁이야. 먹고살 기반을 확보해둬야 하지. 부모가 언제까지나 살아 있진 않으니까."

요즘 세상에 그 말은 맞지 않을 것 같다. 부모가 언제까지나 살아 있다. 엄마가 백 살이 되면 나는 일흔다섯 살이다. 그때면 누가 먼저 죽을지 모르고, 백 살인 부모가 먼저 죽었다고 일흔다섯 살인 자신이 곤란할 것은 없다.

거실로 돌아왔는데 아빠가 여전히 몸을 쭉 내민 채 텔레비전을 보고 있었다. 엄마가 사과를 담은 접시를 테이블 위에서 쓱 밀어 아빠 앞에 두었다. 늘 그렇듯이 먹으라는 말 한마디를 아낀다. 둘은 싸우지 않는 대신 대화도 적다. 나나가 지금까지 결혼을 조급하게 생각하지 않은 것은 이런 부모를 보고 자랐기 때문일지도 모른다.

전화벨이 울렸다.

엄마가 거실 구석에 있는 전화기의 수화기를 들었다.

"잘 지내셨어요."

긴장감 섞인 차분한 목소리를 듣고 할머니에게서 걸려온

전화임을 직감했다. 할머니는 아흔세 살인데 정정하시다.

"늘 마음을 써주셔서 감사해요."

아마 채소를 보냈다고 알리는 전화겠지.

지바에 사는 할머니는 일 년에 몇 번쯤 팔지 못하는 채소나 과일을 택배로 보내주시는데, 엄마는 그게 반갑지 않다. 상품성이 떨어져 시장에 내놓지 못하는 감자는 알이 작고 울퉁불퉁하며 싹이 났다. 그래서 엄마는 껍질을 벗겨내기가 영 귀찮다며 못마땅해 한다. 함께 보내오는 비파나 배도 보통은 태풍이나 장마로 떨어진 낙과이다. 물론 맛은 괜찮지만 먹을 때 상한 곳을 도려내야 하고, 가끔 벌레가 나오기도 하는데 이때마다 엄마는 자지러지게 놀라곤 한다.

"밤이요? 고맙습니다."

밤이라는 말에 아버지의 뒷모습이 살짝 흔들렸다. 아버지는 밤밥이라면 아주 좋아하지만, 일일이 밤을 까야 하는 수고 때문에 엄마는 싫어한다. 딱딱한 밤을 까다가 여러 번 다친 적도 있다. 아마 올해도 깜박한 척 부엌 구석에 방치하다가 썩으면 버릴 생각이겠지.

어려서부터 엄마에게서 할머니 흉을 들으며 자랐다. 시골 사람이라 무례하고 교양이 없다는 둥 내용은 조금씩 달랐다. 어려서는 단순히 엄마의 말이 옳다고 생각했는데 요즘 들어 생각이 조금 달라졌다. 할머니의 입은 거칠지 몰라도 하는 말이나 행동을 보면 마음이 한결같아서 진짜 어른처럼 보일 때도 있다. 엄마와 달리 마음의 중심이 잘 잡힌 사람인 것 같다.

텔레비전 토론회는 여전히 진행 중이다. 아버지는 화면에서 시선을 떼지 않고 묵묵히 사과를 씹었다.

나나는 그날 밤 란보의 집으로 전화를 걸었다. 핸드폰으로 아무리 걸어도 받지 않아 가족에게 그가 머무는 빈 호텔의 전화번호를 알려달라고 할 참이었다.

"네, 긴바야시입니다."

이 목소리…….

"후유무라 나나인데요."

"나야."

"어떻게 된 거야? 빈에 있는 거 아니었어?"

"미안."

란보의 한마디로 모든 게 드러났다. 결혼은커녕 사귈 마음도 없다는 것을.

"그냥 말하지 그랬어? 거짓말을 하면서 나를 피하다니 너무한 거 아니야?"

"응, 미안해."

"그게 끝이야? 해야 할 말이 더 있지 않아? 너랑 사귀기 시작했을 때 나는 스물여덟 살이었어. 스무 살 정도였으면 또 몰라. 야, 이 말이 무슨 뜻인지 알아?"

"그러니까 미안해."

"그 나이에 사귀겠다고 하는 건 당연히 결혼을 염두에 둔 거 아니겠어. 그렇지? 서른을 코앞에 둔 여자가 결혼에 대해 생각하지 않고 무턱대고 연애를 할 리 없잖아."

이렇게 조바심을 느끼는 것은 처음이었다. 혼혈처럼 작고 귀여운 얼굴에 모델처럼 쭉쭉 뻗은 팔과 다리. 중학교를 다닐 때부터 한 인기했던 자신이 남자에게 결혼해달라고 매달리다니 너무 비참했다. 이게 다 추첨맞선결혼법 때문이다.

"정말 미안해."

"미안하다고 끝날 일이야? 왜 이러는데? 나한테 질렸어?"

"그럼 묻겠는데, 너야말로 나한테 질리지 않았어? 우리 사귄 지도 벌써 이 년이야. 서로 익숙해질만큼 익숙해져 설렘도 없고, 뭐 새로울 것도 없잖아. 그런데 왜 결혼을 바라는데? 안정적인 생활을 얻고 싶어서? 그 추첨맞선에서 도망치고 싶으니까? 그렇지? 그러려고 결혼하자는 거잖아.

아니야?"

나나는 거짓말을 잘 못한다. 그래서 순간 말문이 막혔다.

"질리고 말고의 문제가 아니라……. 우리는 사이좋게 지낼 수 있을 것 같아서."

"나는 그렇게 생각 안 해."

"왜?"

"네가 맨날 말하는 우리 얘기에는 늘 너의 어머님도 포함돼. 그거 알고 있었어?"

"엄마가? 그럴 리 없잖아."

"그럴까? 너의 생활의 중심에는 늘 어머니가 있어. 쇼핑은 물론이고 영화나 해외여행도 어머님이랑 둘이 가잖아. 이게 나쁘다는 건 아니야. 모녀간에 사이가 좋으면 좋지. 하지만…… 좀 아닌 것 같아."

란보와 엄마는 전에도 여러 번 만난 적이 있지만, 둘이 오래 대화를 나눈 것은 지난 달 중순쯤이 처음이었다. 엄마의 지인이 긴자 화랑에서 개인전을 연다고 해서 란보와 같이 갔다가 마침 화랑에 있던 엄마와 돌아가는 길에 셋이 같이 식사를 하게 되었다.

그때를 전후해서 란보의 태도가 묘하게 달라진 것은 느끼고 있었다.

"화랑에 갔다가 레스토랑에서 밥 먹은 날, 엄마가 뭐 이상한 소리라도 했어?"

"네 어머님이 나에 대해 소상히 알고 계셔서 감탄이 나오더라."

"그래서 화가 난 거야? 집에서 네 얘기를 자주 하니까 당연히 아시지. 그게 왜 뭐가 문제인데?"

"내 직장이나 가족 얘기라면 괜찮아. 내가 놀란 건, 너랑 간 호텔이 어쩌고 하시고, 더군다나 요새는 왜 자주 안 가냐고 뜸한 거 아니냐고 하시더라."

"그건……."

엄마가 하도 집요하게 캐물으니까.

"소름 끼치더라."

"무슨 말을 그렇게……. 하지만 그건 엄마가……."

"그런 걸 묻는 어머님도 그렇지만 솔직하게 대답하는 딸도 이상해."

기모노 스타일리스트인 란보의 엄마는 나나의 엄마와 정반대 타입이다. 만난 적은 없지만 기모노 복식 교실이라는 TV 프로그램에 나온 모습을 봐서 어떤 분위기인지 안다.

란보는 위아래로 누나와 여동생이 있는데, 삼 남매의 유년시절은 바쁜 엄마 때문에 늘 외로웠다고 한다. 일을 좀 줄이면 안 되는지 엄마를 원망했던 때도 있었다고 했으니, 일에 목숨을 건 여성이겠지.

란보의 여동생은 엄마의 일을 돕기 시작하면서 엄마와 늘 같이 다니는데 그렇다고 친근한 관계는 아니라고 들었다. 오히려 사장과 부하라는 상하관계를 가정까지 끌고 들어와서 모녀 사이가 서먹서먹해졌다고 란보가 말한 적이 있다.

"추첨맞선으로 마음에 드는 사람을 만날 수 있을 것 같아? 상대를 세 번 거절하면 테러박멸대에 간다고!"

"물론 테러박멸대는 가기 싫어."

"그렇지? 그러니까……."

"솔직히 말할게. 처음엔 네가 밝고 귀여워서 정말 좋아했어. 그런데 갈수록 많은 게 보이더라. 뭐라 할까, 너무 사치스럽고 향락적이다고 할까, 너나 너의 어머니는 그저 외모나 가꾸고 노는 생각만 하잖아."

"실례잖아. 아무리 그래도 해도 되는 말과……."

"내 말이 틀렸어?"

"여자라면 보통 꾸미기 좋아하고 여행도 좋아해. 하지만 그게 전부는 아니야."

"전부야. 너랑 어머님한테는 그게 전부라고."

"그건 달리 보람 있는 걸 못 찾아서 그래. 앞으로 푹 빠질

만한 것을 찾으면 달라질지도 모르잖아. 그리고 왜 지금 이러는데? 내가 그런 사람인 건 예전부터 알고 있었을 거 아니야."

"내가 그걸 이제야 알았지."

쓴웃음을 짓는 기색이었다. 그 여유 넘치는 태도에서 미련 따위는 눈꼽만치도 없는 것이 느껴져 나나는 안달이 났다.

"이상하잖아? 이 년이나 만나 놓고선 그걸 어떻게 지금에서야 알았다고 하지?"

"그러니까. 간신히 깨달았어. 그런 인간이 이 세상에 존재하리라 생각도 못 했으니까."

"애초에 우리가 만난 것도, 네가 인솔한 유럽 투어에 엄마랑 내가 참가했기 때문이잖아. 그때부터 엄마와 내가 어떤 사람인지 봤으면서?"

"해외여행을 나온 고객은 천차만별이야. 미리 그 나라의 역사나 종교나 민족을 공부해오는 사람도 있고 대자연이나 건축에 흥미가 있어서 여행하는 사람도 있어. 그런데 너랑 어머님의 관심은 명품 쇼핑과 고급 레스토랑밖에 없었지. 물론 그런 여성 관광객들이 한둘도 아니고, 누구든 비싼 거 사고 먹고 놀면서 즐기고 싶을 때가 가끔은 있어."

"그러면……."

"하지만 설마 일 년 내내 그럴 줄은 몰랐어. 우리가 이 년 간 사귀었다 해도 내가 외국에 나가 있을 때가 많으니 보통 의 애인 사이에 비하면 만나는 횟수도 적었잖아. 그래서 너 를 잘 몰랐나 봐. 그리고 나는 내 여자 친구니까 고작 그런 인간일 리 없다고 믿고 싶은 마음이 강했어. 하지만 지난달 에 레스토랑에서 어머님과 대화를 나누면서 평소에 어떻게 지내는지 알았어. 너는 외국에 나갔을 때뿐만 아니라 평소 생활도 그래. 그렇지 않아?"

"즐겁게 사는 게 뭐가 나빠? 내 월급을 어디에 쓰든 남이 이래라저래라 할 이유는 없어."

"응, 맞아. 내가 뭐라고 할 건 없지. 그냥 그런 여자는 내 취향이 아닐 뿐이야. 그리고 너와 결혼하면 어머님이 하나 부터 열까지 다 참견하실 텐데, 생각만 해도 소름이 끼쳐."

"혹시 좋아하는 사람이 생겼어?"

"아니. 그래서 추첨맞선을 볼 생각이야."

"나보다 추첨맞선을 보는 게 낫다고?"

"너를 보면 동남아시아에서 인솔했을 때가 생각나서 나 도 모르게 비교하게 돼. 가난한 나라의 여자들은 모두 살아 남느라 필사적이었어."

"무슨 소리를 하는 거야. 너야말로 부잣집 도련님으로 편하게 산 주제에."

란보의 집은 산겐자야에 있는 넓은 서양식 저택이다.

문득 란보의 방이 떠올랐다. 벽 장식장에 태국산 장식품
이 빽빽하게 놓여 있었다.

"네 말이 맞아. 하지만 우리 아버지처럼 허례허식 가득한
생활은 딱 질색이야. 검소하게 살고 싶어. 그리고 내 생각에
공감해주는 여자가 좋아."

∾

한참 국회에서 추첨맞선결혼법안 표결이 이루어질 때, 미
야사카 다쓰히코는 JR 아키하바라역에서 도보로 오 분, 대
로에서 한 골목 들어간 곳에 있는 하세가와 전기부품상회에
가는 길이었다.

다쓰히코는 사립대학을 졸업하고 시나가와에 있는 컴퓨
터 소프트 회사에 취직했다. 업계에서는 중간급 수준의 회
사여서 연봉이 그리 좋은 편은 아니지만 시스템 엔지니어라
는 직종이 적성에 맞았다.

작은 가게 안에는 한 사람이 간신히 지나갈 정도로 좁은
통로가 두 개 있고, 천장까지 닿은 선반에는 작은 부품이 가

득 진열되었다. 강풍과 비 때문인지 토요일인데도 손님이 겨우 세 명 있었다.

이 가게에 드나드는 사람들 대개가 부품을 모아 컴퓨터를 조립하는 데 취미가 있는 이른바 컴퓨터 오타쿠들이다.

이 가게는 상품 구색도 다양하게 갖췄고 가게 주인도 컴퓨터 오타쿠여서 믿을 만하다. 그래서 일단 이곳을 찾으면 다른 가게에는 안 가게 된다. 그러다 보니 자연히 단골손님이 많아진다. 서로 얼굴은 알지만 대부분 사교적이지 못한 사람들이어서 이야기를 나눈 적은 거의 없다.

오늘 사려고 했던 부품을 생각보다 빨리 찾아 계산까지 마쳤다.

"저기……. 추첨맞선결혼법을 어떻게 생각해?"

가게를 나서려는데 등 뒤에서 다 죽어가는 목소리가 들렸다. 뒤를 돌아 목소리의 주인을 보았다. 피부가 하얗고 섬세해 보여서 아련히 사라지는 명주잠자리 같은 인상의 청년이었다. 그가 가게 주인과 전기공학에 대해 꽤 전문적인 대화를 나누는 것을 몇 번 들은 적이 있어서 다쓰히코는 예전부터 그를 대단한 사람이라고 여기고 있었다.

"그런 법안이 통과될 리가 없지."

또 다른 청년도 끼어들었다. 이쪽도 단골이다. 아마 이십 대 후반쯤이다. 앞머리가 길어 눈을 절반쯤 가렸고 테가 까만 커다란 안경을 쓰고 있다. 외모가 워낙 눈에 띄어서 처음 봤을 때부터 인상적이었다.

"나도 그건 어렵다고 생각해. 누가 봐도 이상하니까."

다쓰히코는 분위기에 맞춰 대답은 했지만, 사실은 그 법이 제정되면 좋겠다고 간절히 바라고 있었다. 법안이 국회에 제출된 시점부터 속으로 쾌재를 부르고 있었기에 주변에서 통과될 리 없다고 할 때마다 안타까운 마음에 깊은 한숨이 흘러나왔다.

학창 시절에 데이트 비슷한 것을 해본 적은 있었다. 하지만 사귀는 사이가 될 정도로 관계가 발전하지 못했다. 이십 대 후반이 된 지금도 여전히 여자와 제대로 사귀어보지를 못해서 요즘은 연애 자체를 반쯤 포기했다. 그런데 이 희한한 법안이 느닷없이 등장했다. 그러자 신기하게도 연애는 포기하더라도 결혼만큼은 꼭 하고 싶어졌다.

오랫동안 이 가게를 드나들었지만 오늘에서야 처음으로 사람들과 이야기를 나누었다. 평소라면 각자 살 것만 사고 냉큼 돌아간다. 그런데 오늘은 그들과 좀 더 추첨맞선결혼법에 관해 이야기하고 싶었다.

"괜찮다면 같이 점심이라도 먹지 않겠어?"

다쓰히코가 용기를 내어 제안했다.

그러자 둘 다 반가운 얼굴로 고개를 끄덕여주어서 마음이 놓였다. 아마 두 사람도 애인이 없는 것은 당연하고 동성 친구도 적지 않을까? 다쓰히코도 그들과 별반 다르지 않아 대충 짐작이 갔다. 거절당하면 상처를 받을까봐 말을 걸고 싶어도 차마 하지 못한다. 이런 마음은 여성에게만 해당되는 건 아니다. 동성과 어울릴 때도 똑같다.

태어나서 처음으로 친구를 사귄 기분이 들어 즐거웠다. 마치 초등학생 같아서 실소가 나왔다.

역 앞의 대형 가전양판점 7층에 있는 식당가로 가기로 했다. 다쓰히코가 돌아가는 길에 혼자 자주 들르는 곳이다. 셀프 드링크 바도 있고 다섯 종류나 되는 데니쉬를 마음껏 먹으며 오래 앉아 있어도 된다.

몇 년 전부터 혼자 오래 있어도 괜찮은 가게를 자주 찾아다녔다. 휴일인데 외출할 일이 없으면 쓸쓸했다. 해가 갈수록 쓸쓸함은 더욱 커졌다. 요즘 들어 컴퓨터 부품 가게에서 살 것을 다 사고 나면 문득 자신이 고독한 인간이라는 생각이 들어 사무치게 외로웠다. 그럴 때 이 소란한 가게 구석에 앉아 책을 읽으면 조금은 마음이 편해졌다.

다쓰히코의 맞은편에 그들이 나란히 앉았다. 메뉴를 펼

쳤다.

"주문은 정하셨나요?"

세 사람의 시선이 여성 점원에 철썩 달라붙었다. 아이돌 가수처럼 귀여웠다.

"저는 치킨 카레, 세트로."

다쓰히코가 말하자 "저도 그걸로요" 하고 까만 테 안경이 말했다.

"저는 시푸드 도리아."

명주잠자리가 말하자 여성 점원이 "그거는 세트로 안 되는데 괜찮으세요?" 하고 퉁명스럽게 물었다.

"어, 그럼…… 어쩌지."

누가 봐도 그의 머릿속이 새하얗게 물든 것이 명백했다.

"우리랑 같은 거 먹지?"

다쓰히코가 도움의 손길을 뻗자 "그래" 하고 그가 냉큼 반응했다. 아무리 여자에 익숙하지 않아도 나는 이렇게까지 긴장하지 않는다. 그의 순수한 모습을 보니 왠지 형이 된 기분이어서 친밀감을 느꼈다.

"음료와 데니쉬는 저쪽에 있으니까 알아서 이용하세요."

냉랭하게 말하고는 뒤돌아서 가버렸다.

"얼굴은 귀여운데, 어떻게 저렇게 불친절할까. 잘생긴 남자들이 있으면 생글거렸을 거면서."

까만 테 안경이 이를 갈며 중얼거렸다.

분위기를 바꾸려고 다쓰히코는 간단히 자기소개라도 하자고 제안했다.

"나는 미야사카 다쓰히코. 애인 없는 역사는 내 나이랑 같은 만 이십 칠 년. 시나가와의 컴퓨터 소프트 회사에서 SE로 일해."

"나도 마찬가지로 애인 없는 역사 이십 칠 년. 이름은 구지라이 히로키. 래빗식품 유통부에서 일해" 하고 까만 테 안경이 말했다.

"저는 애인 없는 역사 이십 육 년이요. 기타카제 유스케입니다. 데이고쿠 이화학연구소에서 일해요" 하고 명주잠자리의 자기소개가 이어졌다.

"연구소라고? 데이고쿠 이화학? 대단한데. 대학은 어디 나왔어?"

구지라이가 물었다.

"도쿄대요."

"오오."

"엘리트잖아."

다쓰히코와 구지라이는 무심코 눈을 마주……칠 생각이

었는데 앞머리와 까만 테 안경이 방해되어 눈이 잘 보이지 않았다.

"그 법안, 결정되면 기쁘겠지만 어렵겠지?"

다쓰히코가 말을 꺼내자 구지라이가 그럴 것 같다며 고개를 끄덕였다.

"그런 법이 통과되면 일본은 전 세계적으로 망신이라고요. 그렇게 생각하지 않으세요?"

기타카제는 다쓰히코와 구지라이가 한 살 위인 것을 알자 예의 바르게도 존댓말을 썼다.

"망신이라니?"

구지라이도 자신과 마찬가지로 이 법에 흥미가 있는지 몸을 앞으로 끌어당겼다.

"연애는 시시해요. 여자란 족속은 질리지도 않는지 패션에만 관심이 있고, 요즘엔 맛집 투어 같은 시답지 않은 것에 인생의 귀중한 시간을 낭비하는 동물이잖아요. 그런 거랑 사귀는 것 자체가 무가치하다고요. 에너지를 낭비하는 거예요. 저는 줘도 싫어요. 물론 미술이나 음악이나 문학 같은 예술 세계에서 연애를 숭고한 대상으로 다루는 것은 알아요. 저는 잘 모르겠지만, 어쨌든 백 보 양보해서 연애에 멋진 요소가 있다고 쳐요. 하지만 말이죠, 예술이 어떻든 역사가 어떻든 타인이 어떻든 제 인생에서 연애의 우선순위는 그야말로 저 밑바닥이에요. 그런데요, 그런데도 말이죠, 여자에게 인기가 없다고 해서 무능력자라는 딱지가 붙는 풍조는 못 참겠어요. 불쌍하다고 동정하면 더 열 받는다고요. 저는 매일 열심히 일하니까 하나도 부끄러울 것 없는데."

기타카제가 흥분해서 말했다. 차분한 남자일 줄 알았는데 예상 밖이었다. 역시 사람은 겉모습만으로 판단할 수 없다.

"네 기분 백분 이해해."

그렇게 말하며 다쓰히코는 조금 위로를 받았다. 다쓰히코 역시 회사에 잘 다니며 성실하게 산다. 남들이 손가락질할 만한 짓은 아무것도 안 했다. 그러니 기타카제의 말처럼 부끄러울 것 하나 없다. 그렇게 생각하니 용기가 샘솟는 기분이었다.

그러나 만약 여성에게 인기가 있었다면 기타카제 같은 사고방식을 갖지 않으리라는 생각도 금방 들었고, 이쯤은 알 정도로 나이를 먹었다.

"연애는 하찮다지만 그래도 연애는 연애니까."

구지라이가 중얼거렸다.

그렇다. 고작해야 연애지만 절대 무시할 수 없다. 그 증거로 다쓰히코는 연애에 재능이 없다는 딱 그 하나 때문에 모든 것에 자신감을 잃었다. 어디를 가든 소외감이 느껴져서 그 상황이 견디기 버겁고 자신이 세상에 존재하는 것 자체가 잘못되었다는 자괴감까지 든다.

모든 사람이 연애를 하는 것이 아닌데, 길거리에서도 영화에서도 소설에서도 텔레비전 드라마에서도 연애가 범람한다. 쉽게 연애할 수 있는 사람은 연애에도 재능이 있어야 한다는 당연한 사실을 잘 모른다.

외모의 문제도 있으리라. 그러나 여자의 손을 잡고 데이트하는 남자들 중에는 다쓰히코보다 훨씬 못생긴 사람도 수두룩하다. 그러니 이야기가 복잡해진다. 그래서 포기하지 못한다. 그 결과, 나는 외모뿐만 아니라 인간성 자체에도 문제가 있다는 생각에 우울해진다.

"여자한테 인기가 없으면 우습게 보니까."

구지라이가 암울하게 말했다.

옛날에 태어났으면 차라리 나았을 것을. 조부모 세대 때만 해도 대부분 정략결혼을 했다고 들었다. 집안끼리 알아서 정하니까 결혼식 당일이 되어서야 신랑 신부가 처음 서로의 얼굴을 봤다고, 올해 아흔 살인 할머니가 말씀하셨다. 연애결혼하는 수가 중매결혼하는 수를 웃돈 것은 부모님 세대부터다.

"그래도 만약 추첨맞선으로 결혼만 하면 이 지긋지긋한 열등감에서도 해방되겠지."

자기감정을 확인하듯이 말을 꺼냈다. 결혼만 하면 인기가 있고 없고는 다 과거가 된다. 아버지와 큰아버지들이 정월에 술을 마시며 말하듯이.

"예전에는 나 좋다는 여자들이 줄을 섰어."

"어이구, 형님, 거짓말도 잘하십니다."

그래, 결혼만 하면 전부 농담이 된다.

추첨맞선이든 연애든 뭐든 결혼만 하면 된다. 그러면 온갖 종류의 열등감에서 해방된다. 몇 명의 여자와 사귀었는지는 필요 없다. 단 한 사람만을 평생 소중히 여길 것이다.

"내 직장에는 여성 직원들이 많거든? 그런데 나를 대놓고 피하더라고."

구지라이의 말에 "나도" 하고 무심코 맞장구를 쳤다.

"두 분 다 정신 좀 차리세요. 남자를 품평하는 여자들의 눈, 이상하지 않아요? 인간을 점수화하는 불순함이 저는 허무하다고요."

그러면서 기타카제는 셔츠 위로 팔뚝을 쓸었다. 소름이 돋는다고 주장하고 싶은가 보다.

"그럼 너는 결혼하기 싫다는 소리야?"

구지라이가 물었다.

"그야 당연히 싫죠. 결혼한 회사 선배들을 봐도 행복해 보이는 사람이 하나도 없어요."

다쓰히코는 둘의 대화에 귀를 기울였다.

"그럼 만약에 그 법안이 통과되더라도 맞선을 보지 않겠다고?"

"그 법안이 통과될 리가 없잖아요. 그딴 게 통과되면 일본도 끝장이에요."

"그러니까 만약에 통과된다면 말이야."

"통과된다면야 당연히 맞선을 보죠. 테러박멸대에 가는 건 죽어도 싫으니까요. 그래도 맞선도 별거 아니에요. 상대가 거절하도록 끌어가면 되니까요. 거절당하는 쪽은 횟수 제한이 없으니까 요리조리 빠져나가다 보면 법률이 또 바뀌겠죠."

"아하."

"그건 그렇고 저출생 현상을 왜 사회 문제랍시고 다루는 걸까요? 지구 전체로 보면 인구 폭발이라고 할 정도로 증가 추세인데. 자원이나 에너지도 고갈되고 식량 사정도 악화 일로잖아요. 환경오염도 점점 더 심해지고."

분개하며 말하는 기타카제를 바라보았다. 제법 잘생겼다.

엘리트에 키도 크다. 그런데 태어나서 지금까지 여성들에게 인기가 없다니 이상하다. 여성이 보는 남성의 매력은 대체 뭘까? 기타카제 같은 남자를 보면 점점 더 모르겠다.

"그래, 네 말이 옳아. 하지만 출생률이 점점 낮아지면서 현실적으로 생활의 불편함이 느는 것도 사실이야. 예를 들어 공립 초등학교가 통합되면서 통학하는 데만 한 시간이 거뜬히 걸리게 된다거나. 또 요즘은 세상이 무서우니 학교에 갈 때도 부모가 데려다줘야 하겠지? 그러면 엄마들은 회사에 다니기 힘들어."

다쓰히코가 부드럽게 반론하자 기타카제는 발끈했다.

"그런 것쯤 알아요. 학교뿐만 아니라 병원도 그렇죠. 공공 시설이 통폐합되면 집에서 멀어지는 건 당연하고 노선버스까지 폐지되어서 생활이 불편해지는 것도 어쩔 수 없어요. 지금도 과소 지역에 사는 사람들은 광열비가 비싸서 힘들대요. 전기나 상하수도 생활 인프라를 유지하기 위해서는 어느 정도의 인구가 필요하니까요."

"만에 하나 법안이 통과되면 맞선 상대는 '퍼플' 같은 여성이면 좋겠다."

다쓰히코가 말하는 퍼플은 소위 '치유계'(일본의 젊은층 사이에서 치유, 위로, 향수 등의 특성을 지닌 인물이나 사물, 문화 요소를 일컫는 조어—옮긴이)라고 불리는 배우 곤도 무라사키다. 무라사키, 즉 보라색이 영어로 퍼플이니까 팬들은 퍼플이라는 별명으로 부른다.

그때 기타카제의 뺨이 살짝 부드러워지는 것을 구지라이도 놓치지 않았다.

"어라? 혹시 여자를 싫어하는 너도 퍼플은 좋아해?"

"그야 뭐, 그 여자는 그…… 격이 다르니까요."

기타카제가 대답하자 구지라이가 웃음을 터뜨렸다.

아키하바라역에서 구지라이와 가타카제와 헤어진 다쓰히코는 집으로 돌아왔다.

침대에 누워 추리소설을 읽기 시작했는데 이상하게 집중이 안 됐다. 그 둘과 함께 두 시간 가까이 연애에 대한 의견을 나눈 탓이다. 평소 일에 쫓겨 생각하지 않고 미뤄둔 것들을 마지못해 끄집어내고 말았다.

세상 사람 모두가 하는 그 흔한 연애를 왜 나만 못할까.

잡지에 실린 설문 조사 결과를 보면, 만혼화의 원인 중 하나로 "이성을 만날 기회가 없다"가 상위에 오른다. 단, '이성'이라는 단어 앞에 '이상적인'이라는 단어가 생략된 것을 깨닫지 못하면 설문의 결과를 이해할 수 없다. 요즘은 얼마든지 자유롭게 남녀가 교제하는 세상이니까.

초등학교부터 대학교까지 언제든 같은 반에 여학생이 있었고 지금 직장에도 여성 직원이 많다. 즉 조부모나 부모 세대와 비교하면 남녀가 만날 기회는 몇 배나 늘었다.

인간은 이성을 많이 볼수록 이상이 높아지는 것은 아닐까? 예전처럼 결혼 적령기인 이성이 주변에 딱 한 명만 있다면 그 사람이 매력적으로 보일 가능성이 커진다. 그러나 현대는 타인에 대한 평가가 습관화되어 더 좋은 사람이 나타난다고 생각하는 사람이 많아졌다고 한다. 그래서 쉽게 결혼을 결심하지 않는지도 모른다.

아니, 아니지. 다쓰히코는 그보다 훨씬 전 단계에서 제자리걸음만 십 년 가까이 하고 있다. 여자들이 그냥 키 크고 잘생긴 남자를 좋아한다면 이야기가 차라리 쉽다. 포기할 수있다. 그러나 촌스러운 놈이나 키가 작은 놈이나 뚱뚱한 놈중에도 이상하게 여자가 끊이지 않는 놈이 있으니 당최 기분이 좋지 않다.

연애 노하우가 담긴 책이라면 닥치는 대로 다 읽었다. 한결같이 커뮤니케이션 능력을 키우라고 일러준다. 그러나 다쓰히코처럼 인기가 없는 인간은 그 능력을 갈고닦을 기회 자체가 주어지지 않는다. 누군가를 헤칠 만큼 나쁜 사람이 아닌데 사람 자체가 주변에 없다 보니 능력을 갈고 닦고 싶어도 할 수가 없다.

그런데 다쓰히코와 달리 부장은 여성 사원들과 자주 농담 따먹기를 한다. 정년도 얼마 안 남은 데다가 말버릇도 고약하고 볼품없이 배도 불뚝 나오기까지 해서 여성 사원들은 부장에게 대놓고 구닥다리라느니, 손주도 있으면서 기운 넘친다느니 얄미운 소리를 해댄다. 그러나 직원들이 말과는 반대로 부장에게 호감을 느끼는 것은 옆에서 봐도 알 수 있다.

부럽다. 다쓰히코도 가끔은 놀림을 받고 싶었다. 그러나 털털한 여성 사원들도 나와는 최소한의 필요한 대화 말고는 접촉하기 싫어한다. 부장보다 훨씬 젊고 배도 나오지 않았는데…….

물론 다쓰히코도 부장을 좋아한다. 입은 거칠어도 마음은 따뜻한 사람이어서 일하다가 크게 실수를 저질러 의기소침해졌을 때 혼내지 않고 격려해주곤 한다. 하지만 나도 부장만큼 다정한 사람 같은데…….

아아, 대체 어느 시점에서 인생의 톱니바퀴가 어긋났을까.

초등학생 때는 조숙한 꼬맹이였다. 교실 바닥에 누워 여자애의 팬티를 훔쳐보다가 혼났다. 그때는 여자애와도 편하게 말을 주고받았고 일상적으로 놀리고 놀림을 받곤 했다.

중학생이 되자 남녀 교제를 시작한 동급생도 있었는데 별로 부럽지 않았다. 축구에 푹 빠졌고 고등학교 입시가 머리 한구석에서 떠나지 않았기 때문이다.

고등학교에 입학하자 성적이 비슷비슷한 집단이다 보니 공부를 잘한다거나 머리가 좋다거나 하는 것보다는 얼굴이나 스타일, 성격, 패션 감각이나 유머 감각 등이 좋은 애들이 인기가 많았다. 다쓰히코는 어느 쪽에도 속하지 못했지만 인기 없는 남자들끼리 모여 영화를 보러 다니고 동아리 활동에 열중했으므로 나름 즐거웠다.

그때까지만 해도 앞으로 자기가 결혼하지 못하리라고는 전혀 생각하지 않았으니까. 평생 애인이 생기지 않을 줄 몰랐다. 지금은 인기가 좀 없지만 나중에 자연스럽게 여자 친구를 사귀고 결혼할 수 있을 거라고 당연히 생각했다. 그래서 연애하려고 기 쓰지 않아도 된다고, 스무 살 넘어서도 그렇게 생각했다. 나란 사람을 좋아해줄 여자가 언젠가 눈앞에 나타나리라고 진심으로 믿었다. 아아, 태평하기 짝이 없는 인간이었구나.

취직한 후에도 초반에는 동기들 사이에 잘 녹아들었다. 퇴근길에 여자 동기들과도 함께 자주 술집에 가곤 했다. 그러나 그로부터 오 년, 다들 다른 곳으로 전직을 하거나 파견이나 전출을 가거나 결혼을 하면서 점차 소원해졌다. 정신을 차리고 보니 주변에 친한 동기는 다 사라졌고, 이제는 회사에 가도 하루 내내 입 한 번 벙긋하지 않고 퇴근하는 날도 많아지고 있다.

만혼화 세상이라고 하는데 정말 그럴까? 만혼이라는 단어에는 언젠가 결혼한다는 뉘앙스가 있다. 그러나 실제로는 미혼 상태로 생애를 마치는 인간의 수가 점점 더 늘어나는 것 같다. 그리고 아마 자신도 그 안에 포함……되겠지.

아아…….

한숨이 나왔다.

책을 덮고 눈을 감았다.

그로부터 며칠 후.

"다쓰히코, 있니?"

1층에서 엄마가 부르는 소리가 들렸다.

"있어요."

"내려와서 텔레비전 좀 보렴."

"텔레비전? 왜요?"

"됐으니까 얼른 내려와!"

중대한 사건이라도 생겼나? 엄마답지 않게 다급한 목소

리였다.

계단을 내려가 거실로 들어갔더니 엄마가 뉴스를 정신없이 보고 있었다. 화면에 보이는 것은 국회로, 아나운서의 차분한 목소리가 흘렀다.

"아아, 다행이다. 다쓰히코는 자격이 있어."

이쪽을 돌아본 엄마는 이런 적이 있나 싶을 정도로 기쁜 표정이었다.

"자격?"

"별난 저 법에도 자격 제한이 있다지 뭐니. 이혼 경력이나 전과가 없어야 한대."

"어? 설마 추첨으로 맞선 보는 그 법안이 통과됐어요?"

"그래. 통과됐어."

절규했다. 믿을 수 없었다. 그런 법안이 통과되다니…….

나에게도 결혼 기회가 온다. 그렇게 생각하자 가슴이 저렸다.

"대상은 서른다섯 살 이하래. 그러니까 너도 맞선을 볼 수 있어. 다음 달 초에 저출생대책본부에서 조사 용지를 보낸다는구나. 거기에 맞선 상대가 어떤 사람이었으면 하는지 희망 조건을 딱 하나 쓸 수 있대."

"엄마, 근데 왜 우시려고 해요. 뭐 그렇게까지 기뻐하세요······."

"그야, 다쓰히코······."

엄마의 목소리에 울음이 섞였다. 여자를 못 만나는 아들을 이렇게 걱정하는 줄 몰랐다. 외동아들이 결혼하지 않으면 손주 얼굴도 못 본다고 걱정했을까?

"저 아직 스물일곱이에요. 걱정할 나이가 아니에요."

"사람은 순식간에 나이를 먹는 거야."

"엄마 때랑은 시대가 달라요. 요즘은 이십 대에 결혼하는 남자가 드물어요."

"그건 그렇지만······ 요즘은 인기 있는 사람과 없는 사람의 격차가 심하다고 텔레비전에서 하도 말하니까······."

"나는 평생 혼자 살아도 상관없는데."

허세를 부리고 싶었다. 보잘것없는 자신에게도 프라이드는 있으니까.

"그야 여자가 끊이지 않고 인기가 많아서 바쁜 남자라면 평생 독신이라도 즐겁겠지만······. 그래도 그렇잖니, 그게 아니라면······ 역시 외롭지 않을까······."

엄마는 아들 속이 상할까봐 쉽게 말을 뱉지 못했다. 그 배려가 오히려 비참했다.

"뭐, 모처럼 기회니까 열심히 해볼게요."

가볍게 말했지만 속으로는 전력투구하기로 이미 결심했다.

"그럴래? 다행이다, 응원하마."

"그런데 엄마는 아들이 그렇게 결혼했으면 좋겠어요?"

"당연하지. 아들이 평생 혼자 살면 걱정되는걸. 그리고 부부는 좋은 거야."

"말은 잘하셔. 맨날 부부싸움만 하시면서."

"얘가, 부부란 인생의 파트너야. 세상 풍파를 같이 이겨나가는 동지니까 싸움쯤은 하지."

제 2 장

추첨맞선

기다리고 기다리던 4월 1일이 왔다.

미야사카 다쓰히코에게 배정된 맞선회장은 메구로구청
이었다.

2층으로 올라가자 '맞선회장'이라고 적힌 입간판이 세워
져 있었다. 활짝 열린 출입문 틈으로 내부가 보였다. 아직
시간이 남은 탓인지 남자 둘과 여자 셋만 있었다. 서로 거리
를 두고 떨어져 앉아 핸드폰을 들여다보거나 책을 읽고 있
었다. 초등학교 교실 정도로 넓은 공간이고 자리는 마흔 석
쯤 되는 것 같았다.

저들처럼 문고본을 챙겨올 것을 그랬다. 그렇게 생각하며
안으로 발을 들인 순간, 그곳에 있는 다섯 명이 일제히 고개

를 들어 이쪽을 보았다. 마치 미리 짜기라도 한 것처럼 머리부터 발끝까지 무례하게 더듬더듬 훑어보는 것이 느껴졌다.

어차피 나는 인기 꽝이라고요.

품평하는 선제공격에 한 방 먹었다.

몇 초 전까지만 해도 기대감에 부풀었는데 오랜 세월 열등감으로 굴절된 불만이 순식간에 차올랐다.

얼굴도 그냥저냥, 스타일도 그냥저냥, 거기에 촌스럽다.

그런데 뭐?

그게 내 탓이야?

인간은 외모가 전부입니까?

멋있지 않으면 인생 끝장입니까?

잘생기게 태어난 인간만이 인생의 승리자입니까?

안데스산맥이 어디 있는지는 압니까?

과거에 일본이 미국과 전쟁했던 것은 압니까?

머리가 텅텅 비었어도 잘생겼다는 이유만으로 왜 인기가 있는데요?

그래, 나는 질투나 하는 인간이야.

인기가 없어서 성격도 비뚤어졌다고.

그래서 잘못입니까?

보기 흉합니까?

웃고 싶다면 마음대로 웃어.

다쓰히코는 회장 입구에 우뚝 멈춰 섰다.

이러면 안 되지.

감정을 가라앉히려고 서둘러 심호흡을 했다.

어제 결심했잖아. 애인 없는 이십 칠 년의 역사에 막을 내리겠다고.

항간의 소문에 따르면 인기가 많은 남자일수록 여자와 사귈 기회가 많고, 이런 경험이 쌓일수록 더욱 여성에게 매력적이 된다. 이와 반대로 나 같이 인기가 없는 사람은 점점 자신감을 잃게 되고, 점점 이성 앞에서 주눅이 든다. 그래서 더욱 비호감이 되고 만다. 이런 악순환이 이어지는 것이다.

이번에야말로 그 악순환의 고리를 끊어버리겠다.

힘내자, 나!

주변을 둘러보니 책상 위에 번호가 적힌 종이가 붙어 있었다. 앉는 자리가 정해져 있었나 보다. 번호를 찾아 성큼성큼 안으로 걸어갔는데 제일 뒷자리였다. 타인의 시선에서 벗어날 수 있어서 마음이 편해졌다.

먼저 와 있던 다섯 명을 다시금 바라보았다.

뭐야. 자세히 보니 딱히 미남미녀라고 할 수 없었다.

뒷모습만 봐도 상당히 살이 찐 티가 나는 여성도 있고 머리숱이 없는 남성도 있다. 옷차림으로 말하면 다쓰히코가 가장 나은 편이었다.

지난달에 맞선을 대비하려고 재킷과 바지를 사러 갔다. 백화점에서 옷을 사는 것은 구직활동을 하던 때 이후로 처음이었다. 직업이 시스템 엔지니어다 보니 청바지를 입고 출근할 정도로 근무 복장이 자유롭다.

이미 백화점 내 많은 의류 매장에는 '맞선 필승 스타일'의 마네킹들이 줄지어 전시되어 있었다. 너무 딱딱하지 않으면서 지나치게 캐주얼하지 않은 옷이 잘 나간다는 점원의 말에 패션 감각이라면 제로인 다쓰히코는 마네킹이 입은 옷을 그대로 사버렸다.

한 남자의 등장으로 갑자기 맞선회장에는 묘한 공기가 맴돌았다. 일제히 고개를 들어 그를 쳐다보았다. 그들을 따라 다쓰히코도 그 사람을 향해 시선을 고정했다. 다쓰히코도 오타쿠라고 불리지만, 새로 들어온 그 사람이야말로 누가 뭐래도 오타쿠 같았다. 잰걸음으로 다가온다 싶더니 하필이면 다쓰히코 바로 앞에 앉았다.

그 후로도 신입 품평회가 반복해서 이루어졌다. 그래서인지 시작할 시각이 가까워짐에 따라 사람들이 채워지는데도 회장은 그저 고요했다.

다쓰히코가 앉은 열은 전원 남자인 모양이다. 총 네 열로
한 열에 열 명씩 앉았다. 남녀가 교차해서 앉는 형식이었다.

비어 있는 파이프 의자가 사 분의 일쯤 되었을 때 문득 깨
달았다.

지금 여기 있는 사람 중에 연애 잘하는 사람은 없겠지?

추첨맞선결혼법이 제정된 초기, 방송국에서는 신이 나서
특집을 꾸렸다.

"이번 법에 어떻게 대처하실 건가요?"

길거리 인터뷰에서 압도적으로 많았던 답변은…….

"그야 당연히 법이 시행되기 전에 현재 사귀는 사람하고
결혼하는 수밖에 없죠."

다쓰히코는 자신과 달리 추첨맞선 대상자가 되지 않으려
고 발버둥 치는 사람이 많은 것에 놀랐다. 법이 시행되기까
지 반년 사이에 자력으로 결혼 상대를 구할 연애 능력이 있
는 인간은 급하게 혼인신고를 했다. 그건 또 그것대로 정부
는 기뻐했다. 방법이 어떻든 만혼화를 해결하는 데 도움이
됐으니까.

아무튼 그 말은 여기 맞선회장에 나온 남녀 대부분은 다
쓰히코와 마찬가지로 추첨맞선에 기대를 건 인간들이라는

소리다. 말을 바꾸면 이성의 관심을 받지 못하는 자들이다.

둘러보니 확실히 인기가 없을 법한 사람들만 있었다. 물론 나를 포함해서.

자기 자신도 매한가지인 마당에 여기 모인 사람들을 인기가 없다고 얕잡아볼 마음은 전혀 없다. 인기가 인간성에 비례한다고 생각하지 않거니와 설령 그렇더라도 인정하기 싫다.

이런저런 생각을 하다 보니 갑자기 모든 게 의미 없고 쓸쓸해져 핸드폰을 꺼내 게임을 시작했다.

잠시 후, 조금 전 다쓰히코 앞자리에 앉은 그 오타구가 "뭐야!" 하고 작은 비명을 내질렀다. 그의 시선이 출입구 쪽을 향해 있어 다쓰히코도 무심코 그쪽으로 고개를 돌렸다.

"진짜!"

저절로 탄성이 터졌다. 말도 안 되게 사랑스러운 여자가 들어오고 있었다. 요즘 여자들이 열광할 만큼 마르고 도회적인 분위기가 모델 뺨칠 정도다.

"무슨 코스프레를 해도 잘 어울리겠는데."

오타쿠가 중얼거리며 동의를 구하듯이 돌아보고 환한 웃음을 지어 보였다.

실내가 술렁거리는 것도 무리가 아니다. 그 정도로 그 여자는 귀여웠다.

그와 맞선을 보는 남자는 정말 행운아겠다.

모두의 시선을 받은 그는 순간 당황한 표정을 지어보였으나 이내 침착함을 되찾고 자리를 찾기 시작했다.

그가 점차 가까이 온다 싶더니 다쓰히코의 바로 옆자리에 앉았다. 심장이 뛰었다. 뒤를 돌아본 오타쿠와 무심코 마주 보았다. 그는 두 오타쿠의 시선을 피하려는 듯이 고개를 숙이고 가방에서 핸드폰을 꺼내들었다.

실내를 둘러보았다.

남자가 앉은 열과 여자가 앉은 열이 교차한다는 것은 혹시 나란히 앉은 사람끼리 맞선 상대이지 않을까?

설마. 살면서 운이 좋았던 적이 없다.

다쓰히코는 작게 한숨을 내쉬고 가방에서 봉투를 꺼냈다. 저출생대책본부에서 미리 보내준 것으로, 맞선 상대의 신상 명세서가 동봉되어 있었다. 거기에는 생년월일, 직업, 가족 구성, 취미, 특기, 최종 학력 등이 적혀 있는데 주소나 사진은 없었다. 스토커 범죄를 예방하기 위해서라고 한다. 서로 상대가 마음에 들었을 때만 본인의 자유의사로 연락처를 교환하라고 했다. 요컨대 불미스러운 사건이 발생했을 때 정부가 책임을 회피하려는 의도인 것이다.

다쓰히코의 맞선 상대 이름은 야마시타 미사코였다. 한

살 연하인 스물여섯 살로, 직업란에는 회사원이라고 적혀 있었다. 가족은 부모님과 여동생, 그리고 자신을 포함해 총 네 명. 취미는 해외여행과 쇼핑이고 특별한 특기는 없다. 최종 학력은 대졸이었다. 정보라곤 겨우 이것뿐인데 일주일간 수도 없이 읽으며 온갖 망상에 빠졌다.

먼저 가족 구성. 남자 형제가 없다니 그 점에 왠지 호감이 갔다. 남성에 익숙하지 않은 수줍은 여자라거나…… 그리고 여동생이 잘 따르는 언니일 테고 자매 사이도 좋겠지. 미사코…… 이름도 좋다. 평범하고 차분하지만 견실하다. 미인까지는 아니겠지만 제법 귀여울 것이다.

자기 좋을 대로 망상을 부풀렸다.

그러나 취미가 마음에 걸렸다. 해외여행과 쇼핑이라니, 회사의 여자 동료가 생각난다. 그는 일 년에 두 번은 반드시 외국으로 여행을 간다. 그리고 휴일이면 쇼핑 삼매경이다. 이야기를 나눠본 적은 별로 없지만 목소리가 어찌나 크고 시끄러운지 부서 사람들은 그의 사생활을 좋든 싫든 알고 있다. 부모님과 같이 살면서 자기 월급을 전부 용돈으로 쓰며 살았다.

야마시타 미사코라는 여성도 그렇게 살까? 설마 결혼한 후에도 그렇게 흥청망청 살 생각은 아니겠지. 만약 그렇다면 내가 받는 월급 따위로는 도저히 감당할 수 없다.

이런 생각을 하니 암담해졌다. 나는 성실하게 일한다. 향상심도 있다. 그러나 회사원의 월급은 노력한 양으로 정해지지 않는다. 일의 결과로 정해지지도 않는다. 어느 회사에서 일하느냐가 모든 것을 결정한다.

처음에는 상대에 관한 희망 조건을 딱 한 가지만 설문조사 용지에 적을 수 있었는데, 흐지부지 취소되었다. 그야 당연하다. 연봉이나 학력이라면 몰라도 미인이나 성격이 좋은 사람이라고 쓰면 담당자도 곤란할 테니까. 게다가 그런 모호하면서 주관적인 기준을 넘어선 사람이라면 법이 시행되기 전에 이미 결혼했을 것이다.

드디어 시작 시간이 되었다. 직원 한 명 들어왔다.

"오늘 이렇게 와주셔서 정말 감사합니다. 도내 전체에서 무작위 추첨을 한 관계로 메구로구 외부에서 오신 분도 많이 계신 것으로 압니다. 먼 걸음을 하게 해드려 죄송합니다."

정중하고 겸손한 인사였다. 사방에서 각종 민원이 들어온다고 하니 세심하게 주의를 기울이나 보다.

"그럼 오늘의 일정에 대해 말씀드리겠습니다. 남녀 각각 한 분씩 번호를 부르겠습니다. 번호는 우편으로 보내드린 안내서에 기재되어 있으므로 지금 다시 확인해주십시오. 죄송하지만 자신의 번호가 불리면 앞으로 나와 주세요. 바로 신원을 확인할 수 있도록 면허증이나 여권 등의 신분증은 미리 준비해주십시오."

가방을 여는 소리, 옷을 뒤적거리는 소리가 실내에 울렸다.

"제가 본인 확인을 한 다음에 맞선 상대와 대면합니다. 그 다음부터는 두 분께서 알아서 진행해주시면 됩니다. 즉, 해산입니다."

어라, 그게 끝이야?

회장이 술렁였다.

"그대로 회장을 나가서 데이트를 하셔도 좋고, 바로 옆방의 제2, 제3 회의실을 개방해두었으니 그곳을 대화의 장으로 이용하셔도 됩니다. 안타깝지만 곧바로 거절하고 싶은 분은 직원에게 말씀해주세요."

곧바로 거절한다고?

생각할 여지도 없다는 소리인가?

그런 경우도 있을까……. 생각해보지 않았다. 현실은 상상 이상으로 혹독한가 보다.

"그럼 바로 시작하겠습니다. 먼저 남성은 M의 가의 8537번, 여성은 F의 나의 4279번입니다."

번호가 불린 두 사람이 일어났다. 제일 앞 열에 나란히 앉은 남녀였다.

어, 그렇다면…….

역시?

내 상대는 옆에 앉은 여자?

자기도 모르게 옆자리 여자의 옆모습을 훔쳐보았다. 부드럽게 컬이 들어간 긴 속눈썹. 도자기 같은 피부에 분홍색 뺨.

이렇게 귀엽고 아름다운 여자가 나랑 결혼을 해준다고?

진짜로?

꿈만 같다.

평생 바람 따위 피우지 않겠다고 맹세한다.

저는요, 당신을 소중하게 아낄 자신이 있답니다.

옆자리 여자가 이쪽을 보았다.

눈이 마주쳤다.

심장이 요란하게 뛰었다.

다음 순간, 둘 다 시선을 피했다.

순서가 다가왔다. 옆자리에 앉은 사람이 맞선 상대라고 다들 확신하기 시작했나 보다. 오타쿠가 일부러 뒤를 돌아보고 "운 좋은 놈" 하고 작게 속삭였다.

직원에게 불린 남녀가 차례차례 방을 나갔다. 다쓰히코와 옆자리 여자가 마지막 남은 한 쌍이었다.

"이쪽이 미야사카 다쓰히코 씨. 이쪽이 야마시타 미사코 씨입니다. 이제부터 두 분께서 자유롭게 진행해주세요."

직원이 사무적으로 말했다.

"네, 알겠습니다."

다쓰히코가 대답했고 미사코 씨는 딱딱한 표정으로 어색하게 고개를 끄덕였다.

미리 이 근처 레스토랑을 조사해두었다. 맞선회장이 메구로구청인 것을 알고 곧바로 맛집을 소개하는 잡지를 샀다. 가게별로 '여자 감격도'가 별의 개수로 표시된다. 그중에서 별 다섯 개 만점이고 디저트가 맛있다는 프랑스 레스토랑을 점찍고 휴일에 혼자 먹으러 가보았다.

런치 메뉴라면 고급 레스토랑이라도 조금은 부담이 적다. 저녁 식사를 하려면 와인을 골라야 하고, 이런 곳에 자주 와서 익숙하다는 분위기를 풍겨야 한다. 아무리 생각해도 자신은 그런 재주가 없다.

"저기, 죄송해요."

복도에 나오자 미사코 씨가 배를 움켜쥐고 말했다.

"배가 아프세요?"

"죄송해요. 너무 긴장을 해서 그런지 몸이 좀 안 좋아서요."

괴로운 듯 얼굴을 찌푸렸다. 하얀 목덜미가 오싹할 만큼 요염했다.

"잠깐 쉬었다가 갈까요?"

옆 회의실을 자유롭게 써도 된다고 분명 직원이 말했다.

"아니요. 죄송해요. 오늘은 돌아갈게요. 나중에 연락할게요."

미사코 씨는 그렇게 말하고 대답도 듣지 않고 달려 나가 버렸다.

너무 긴장해서 복통이라니, 정말 순박한 사람이구나. 저렇게 예쁜 여자를 두고 남자들이 지금까지 가만히 있지는 않았을 텐데…… 혹시 남자를 사귀어본 경험이 단 한 번도 없을까? 그렇다면 나와 같다. 그렇게 생각하자 벅찬 친밀감이 샘솟았다.

쇼핑을 마치고 집으로 돌아왔더니 엄마가 현관까지 마중을 나왔다.

"어머나, 잘 된 것 같구나?"

"어떻게 알아요?"

"얼굴을 보면 알지."

싱글거리는 티가 나나 싶어 민망했다.

"잘 된 건 아닌데."

"자세히 얘기 좀 해봐. 맛있는 과자도 사 놨어."

거실로 들어가자 아버지가 텔레비전을 보고 있었다. 추첨맞선 첫날이어서 회장에서 나온 남녀에게 리포터들이 떼 지어 모여든 화면이 나왔다.

"오오, 고생했다. 어땠니?"

아버지까지 걱정스럽게 물었다.

아버지도 엄마도 자식을 과보호하는 부모는 아니다. 아버지는 네 마음대로 살라는 것이 말버릇이어서 진학이나 구직 활동 때도 일절 간섭하지 않았다. 그래서 인기 없는 아들의 결혼을 얼마나 걱정하는지 절실하게 느껴졌다.

그렇게 생각하니 서비스 정신을 발휘해야 할 것 같아서 회장 분위기나 미사코 씨에 대해서 자세하게 설명했다.

"이야, 대단하구나. 첫 번째부터 마음에 들다니."

"그러게, 운이 좋아."

"아니에요. 아직 기뻐하기에는 일러요. 어떻게 될지는 아직 모르는 거니까."

"괜찮을 거야. 우리 아들이 얼마나 다정한데."

"그래. 데이트를 하면 네가 얼마나 진지하고 성실한 놈인지 알아줄 거다."

아버지의 말씀이 옳다. 지금까지는 데이트할 기회조차 없었으니까 나란 사람을 알릴 기회가 없었다.

"첫 데이트로 어디에 갈 거니?"

"그런 건 아직 안 정했어요."

영화나 콘서트는 아직 이르다. 상대의 취향을 모르니까. 그리고 여성과 단둘이서 장시간 같이 있으면 긴장해서 실수를 저지를 것이다. 그러니 식사를 하며 대화를 나누는 정도로 해두자. 디즈니랜드는 친해진 뒤에 가면 된다.

"하지만 다쓰히코. 이제 시작이니 그렇게 마음 졸이며 걱정할 필요 없다. 평생이 걸린 일이니까 상대방의 성격이 어떤지 잘 파악해야 해. 아무리 미인이라도 성격이 꼬이고 모났으면 고생할 거다."

평소에는 말수가 적은 아버지가 왜 이러실까. 신문을 읽다가 정치나 범죄에 관한 의견을 불쑥 말할 때는 있지만 연애나 결혼을 두고 역설하는 것은 처음이었다.

맞선을 본 당사자 이상으로 의욕을 보이니 고맙기도 하고 압박감도 느껴지고, 또 걱정을 끼쳐 죄송하기도 한 복합적인 기분이었다.

"아빠 말씀이 옳아. 성격이 맞지 않으면 상대방 아가씨한테는 미안하지만 네가 거절할 용기도 있어야지."

　다음 날, 본부에서 전화가 왔다.

　"야마시타 미사코 씨의 거절 사유는 성격 불일치입니다."

　거절?

　성격 불일치?

　말도 안 나눠봤는데?

　거절할 경우, 명확한 이유를 알려야 하는데 상대를 비방하거나 중상하는 내용은 받아주지 않는다. 미사코 씨는 솔직히 말하지 못했을 것이다.

　'기분 나빠요.'

　'생리적으로 못 받아들이겠어요.'

　이런 발언은 본부가 정한 비방 및 중상 코드에 걸릴 테니까.

　헛웃음이 나왔다.

　왜냐하면 미사코 씨가 복통을 호소하고 돌아간 뒤에 나는 옷을 사러 갔단 말이다. 다음 데이트에 똑같은 옷을 입고 나갈 수 없으니까. 백화점에서 또 위에서부터 아래까지 새로 조달했다.

　참 꼴이 웃기네.

추첨맞선이 여성에게 외면받는 현실을 적나라하게 재확인시켜주는 자리가 될 줄은 꿈에도 몰랐다.

마음이 무너질 것 같았다.

"거절당했어요."

그날 밤, 웃으며 보고하자 엄마는 순간 절규했지만 곧 미소를 지었다.

"이번에는 아쉽게 됐지만 다음이 또 있으니까."

"차이길 잘했다. 대화 한 번 안 해보고 거절하는 여자는 한심한 인간일 게 뻔해. 인간성이 의심스럽구나."

아버지의 말에 또 금방 기운을 회복했다. 나도 참 단순하다.

"아이고, 정말. 예의가 없는 것도 정도가 있어야지. 남의 귀한 아들을 뭐라고 생각하는 거야? 다쓰히코가 어려서 얼마나 귀여웠는데."

아버지의 말에 촉발되었는지 엄마는 만난 적도 없는 미사코 씨에게 갑자기 분노를 표출했다.

"성실함이라곤 찾아볼 수 없는 여자네. 아니, 그 이전에 예의를 몰라. 아니구나, 애초에 남의 마음을 헤아릴 줄 모르는 사람이야. 이런 식으로 거절하면 상대가 어떤 심정일지 상상조차 못 하는 사람이라고. 정말 성격이 고약하네. 그러니까 다쓰히코, 네가 거절당한 게 다행이야. 세 번을 거절하면 테러박멸대에 가야 하잖니? 귀중한 거절 횟수를 쓴 게 그쪽이라 얼마나 잘 됐니."

2주 후, 다시 본부에서 봉투가 도착했다. 다음 맞선 장소는 다이토구의 평생학습센터였다. 상대의 신상명세서도 들어 있었다.

후도 레이코라는 이름을 보자마자 꺼림칙했다. 재주는 많지만 신경질적인, 딱 재녀의 이미지가 떠올랐다. 단정한 얼굴에 금속테 안경을 쓰고, 창백한 안색에 삐쩍 마른….

분명 싸늘한 시선을 던지겠지. 경멸을 담은 길쭉한 눈으로…….

아니지, 아니지. 지나친 상상이다.

홍차를 한 모금 마시고 기분을 전환했다.

나이는 서른한 살이다.

추첨맞선결혼법은 스물다섯 살부터 서른다섯 살까지가 대상이다. 그 범위 내에서 본인의 나이 플러스마이너스 다섯 살이 추첨 대상이므로 올해 스물여덟 살이 되는 다쓰히코의 맞선 상대는 스물다섯 살에서 서른세 살까지의 여성이 된다.

레이코 씨의 최종 학력은 경리 전문학교 졸업으로, 백화점에서 근무한다. 이종사촌의 경력과 비슷하다. 다쓰히코와 동갑인 이종사촌은 수재였지만 대학에 가지 않고 경리 전문학교로 진학했다. 그리고 공인회계사 자격을 손쉽게 따서 백화점 감사 업무를 하고 있다. 월급은 대졸인 자신의 두 배 이상이라고 들었다. 이 여자도 비슷하지 않을까? 그렇다면 점점 더 내키지 않는다.

가족 구성은 부모님과 여동생과 남동생이 있는 5인 가족인데 출신은 기후현이라고 하니 도쿄에서 혼자 사는지도 모른다. 취미는 독서와 영화 감상이고 특기는 암산이다.

재녀의 호감을 살 자신은 없지만 외모 가꾸기에만 정신이 팔려 인생 대부분을 소비하는 여성보다는 그래도 대화가 통할 것 같았다.

음, 틀림없이 잘 통할 것이다. 그 증거로 그와 비슷한 경력인 그 이종사촌과 다쓰히코는 사이가 좋다. 그렇게 다짐하며 맞선회장 근처의 레스토랑을 인터넷으로 조사했다.

이번에야말로 점심을 먹으러 가고 싶다. 나처럼 인기 없는 남자라도 효율적으로 결혼해서 가정을 꾸릴 흔치 않은 기회다. 땅이나 파고 있을 순 없다.

이 기회를 놓쳐서는 안 된다.

다음 주 일요일, 맞선회장에 가서 실내를 둘러보았다.

기대도 하지 않았지만 역시 퍼플 같은 여자는 단 한 명도 없었다. 지난번과 마찬가지로 이곳도 이성의 시선을 받지 못하는 루저들의 집합소 같았다. 검은색과 갈색과 회색이 실내를 가득 메웠다. 보라색 같은 파스텔 색조의 옷을 입은 여자는 한 명도 없다.

번호가 적힌 자리에 가서 앉았다. 대각선 앞의 남자는 페이즐리 무늬의 스카프를 목에 메고 있었다. 고민 고민 끝에 결정한 차림새인 것이 뻔히 보이는데 어울리지 않았다. 그의 필사적인 모습이 꼭 나 자신을 보는 것 같아서 무심코 시선을 피했다.

그밖에도 서른다섯 이하로 보이지 않을 만큼 완전히 아저씨 같은 분위기의 남자가 있었다. 그런데도 찢어진 청바지에 유행하는 자키 부츠를 신어 어려 보이게 꾸몄다.

심지어 믿을 수 없게도 트레이닝복 차림의 남성이 드문드문 보였다. 그들은 모두 판에 박힌 듯이 부루퉁한 얼굴을 하고는 통로로 다리를 쭉 뻗고서 주위 사람들을 흘겨보았다. 즉, 나는 이런 곳에 오고 싶어서 온 게 아니라고 어린애처럼 티를 내서 보는 사람이 더 부끄러울 지경이었다.

잠시 후, 한 여성이 다쓰히코의 옆자리에 앉았다. 100킬로그램쯤은 거뜬히 넘을 당당한 체격이었다.

당신이 후도 레이코 씨?

거짓말이지?

지난번과 마찬가지로 직원이 번호를 부르기 시작했다. 역시 나란히 앉은 사람끼리 커플이었다.

운이 없어도 이렇게 없을 수가.

군살을 조금이라도 감추고 싶은지 까만 바지 위에 무릎까지 내려오는 긴 스웨터를 입었다. 감추려고 할수록 더 팽창해 보이는데…….

후도 레이코 씨와 나란히 회장을 나왔다.

미안하지만 이 여성은 거절해야지.

망설이고 말고 할 것도 없다.

미리 알아둔 레스토랑에 가자는 소리는 하지도 말아야겠다. 아직 점심시간이 되려면 멀었고 배도 별로 고프지 않다.

"조금 걸을까요?"

레이코 씨가 제안했다. 생각보다 목소리가 귀여웠다.

만나자마자 곧바로 헤어지자는 말을 도저히 꺼낼 수가 없었다. 어쩔 수 없이 우에노 공원까지 나란히 걸어 시노바즈 연못가 근처 벤치에 앉았다. 꽃놀이 명소인데 벚꽃이 거의 져서 사람이 없었다.

"저부터 자기소개를 할게요."

"네? 아아, 부탁드립니다."

일단 형식적인 것은 하자. 최소한의 예의니까.

"저는 기후의 고등학교를 졸업하고 상경해서 경리 전문 학교를 졸업했어요. 그런데 일자리를 구하지 못해서 백화점 여성복 매장에서 파견 사원으로 일하고 있어요."

레이코 씨는 부드럽게 미소를 지었다. 예상이 전부 다 벗어났다.

이어서 다쓰히코도 형식적인 자기소개를 했다.

"출신은 도쿄, 대학을 졸업하고 시스템 엔지니어로 일하고 있습니다."

레이코 씨가 끄덕끄덕 맞장구를 치고 물었다.

"제 첫인상은 어땠어요?"

"네……?"

무심코 입을 다물었다. 솔직히 말할 순 없다.

레이코 씨는 쓸쓸한 듯 후후 웃었다.

"그럼 제가 본 미야사카 씨의 첫인상을 말할게요. 음, 그래요……. 성실하고 다정해 보여서 멋있다고 생각했어요."

"고맙습니다. 하지만 여성한테는 인기가 전혀 없네요."

"에이, 무슨 그런 농담도"나 "그건 의외네요" 같은 인사 치레 한마디쯤은 해줄 줄 알았는데 그가 대답을 피하려는 듯이 "뭐 좀 드실래요?"라며 자동판매기를 가리켜서 조금 충격을 받았다.

"저, 사실은 과식증이 좀 있어요. 이것도 끊질 못하겠다니까요."

그러면서 레이코 씨는 콜라를 가리켰다.

그 옆에 서서 페트병 녹차를 샀다.

"저출생이 문제라고 하는데요."

레이코 씨는 벤치에 등을 기대고 말했다.

"요즘 세상에서 아이를 제대로 된 인간으로 키우는 건 너무 어렵다고 생각하지 않으세요?"

레이코 씨에게는 초등학교에 다니는 조카가 둘 있는데, 둘 다 인터넷상 괴롭힘 때문에 등교 거부 중이라고 한다.

"저도 뉴스로 이런저런 사건을 볼 때마다 기분이 암담해져요."

"정말, 이 세상이 어떻게 된 걸까요."

"몬스터 페어런츠도 있고요."

"그러니까요. 비상식적인 학부모를 상대해야 하는 학교 선생님도 큰일이에요."

"선생님 중에 이상한 사람도 있죠."

"탈의실에 불법 카메라를 설치한다죠. 그것도 초등학교

에서. 그런 사건이 빈번히 일어나니까 아이들이 성인 남성을 신용하지 못해요. 그것은 곧 일본 사회를 신뢰하지 못한다는 소리죠. 그러면 아이들의 마음속에 어떤 굳건한 의지 같은 것이 제대로 싹트지 못해요. 서른을 넘은 저도 정서가 불안정한 면이 있고 저 자신을 감당하기 벅찰 때가 있으니까요."

"아이가 늘면 우리나라도 좋아진다고들 하는데, 어떻게 생각하세요?"

"그렇게 단순하지 않겠죠."

"그렇죠? 아이가 늘었다고 노인 돌봄 문제가 해결되는 것도 아니고 경기가 좋아진다는 보장도 없고, 지구온난화 문제도 있으니 그냥 불쌍한 아이만 늘리는 것은 아닐까요?"

"맞아요, 맞아요. 제 생각도 그래요."

대화가 끊이지 않고 이어졌다.

레이코 씨와 역에서 헤어지고 돌아오면서 문득 깨달았다. 여성과 대화를 나누면서 긴장하지 않았다는 것을. 그가 너무 뚱뚱해서 연애 상대는 되지 않는다고 생각했기 때문일까?

대화를 몇 마디 나누자마자 현명하고 문제의식도 있는 사람임을 금방 알아차렸다. 한편으로 과식증이 있어서 어린

면도 있었다. "하필 제가 추첨 상대가 돼서 실망하셨을 텐데 미안해요"라고 몇 번이나 사과했다. 섬세하며 다른 사람의 감정을 배려하는 사람이다.

그러나 역시 그 거구는……. 아무리 생각해도 여자로서 좋아할 수 없다.

집에 돌아왔을 때 엄마가 지난번처럼 현관문 앞까지 마중을 나오지 않았다. 일요일이니까 아르바이트를 쉴 텐데, 외출이라도 했나?

거실로 가니 부모님이 소파에 앉아 있었다. 텔레비전에서는 여전히 추첨맞선 이야기를 하고 있었다.

"아, 왔구나."

엄마가 아무렇지 않게 말을 걸었으나 부자연스러워서 가슴이 욱신거렸다.

아버지는 돌아보지도 않고 열심히 신문을 읽고 있었다.

저번처럼 미리 기뻐해서 아들에게 상처 주지 말자고 부부끼리 상의라도 했나 보다.

"오늘 만난 여자는 몸무게가 100킬로는 나갈 거예요. 당황했어요."

장난스럽게 말했다.

"100킬로라니 대단한데. 백인들처럼 덩치가 좋구나."

아버지가 드디어 신문에서 고개를 들었다.

"사람 느낌은 어떻더냐? 게으르고, 야무진 구석도 없고, 아침부터 밤까지 빈둥빈둥거리며 먹기나 할 것 같은데."

"그렇지도 않아요. 대화를 나눠보니 꽤 지적인 사람이었어요."

"그럴 수도 있겠구나. 거식증이나 과식증은 성실하고 섬세한 사람이 많이 걸린다고 들었어."

"그건 그렇지만 그래도…… 거절할 거지?" 하고 엄마가 물었다.

"응, 말도 잘 통했고 전화번호 교환까지 해서 좀 미안하긴 하지만 그래도 거절할 생각이에요."

"어쩔 수 없지. 그 사람한테는 미안해도 결혼은 상대의 인생을 전부 떠안는 거니까. 너무 섬세한 사람이면 고생이야."

그때 주머니 안에서 핸드폰이 울렸다.

"어라? 저출생대책본부네."

"그러니? 무슨 일일까?"

"회장에 뭐 두고 온 거 아니냐? 너는 덜렁대니까."

"여보세요?"

"미야사카 다쓰히코 씨 맞습니까?"

"네, 그렇습니다."

"후도 레이코 씨의 거절 사유는 성격 불일치입니다."

"뭐라고요? 거절이요?"

믿을 수 없었다.

전화를 끊고서도 넋이 나가 소파에 털썩 쓰러지듯이 주저앉았다.

부모님이 말없이 얼굴을 마주 보는 것이 눈에 들어왔다. 엄마가 일어나 부엌에 가서 설거지를 했다. 그 뒷모습을 조리대 너머로 바라봤다.

아버지는 다시 신문을 읽었다.

"저기, 여보. 커피라도 마실래요?"

엄마가 평소보다 한 옥타브 높은 목소리로 물었다.

"오오, 그래. 진하게 타 줘요."

"우리 러브러브해요."

그때 텔레비전에서 달짝지근한 목소리가 들렸다. 맞선회장에서 막 나온 남녀가 찰싹 달라붙어 손을 잡고 있었다.

"완전히 취향 저격이에요."

여성이 그렇게 말하며 화면을 향해 브이를 그려 보았다.

뭐냐고, 대체.

엄마가 커피를 가져왔다.

"맛있군!"

"그래요? 맛있어? 다행이네."

"이 커피콩 어디서 샀어?"

"역 앞에 새로 생긴 전문점."

엄마는 테이블 위에 다쓰히코의 커피도 갖다주셨지만 부모님의 어색한 대화가 부담스러워 계속 앉아 있을 수 없었다.

분위기가 가라앉았다.

제 방으로 올라가려고 몸을 일으킬 때였다.

"다쓰히코, 전화를 해보면 어떻겠니?"

아버지가 또렷하게 말했다.

"전화라니 어디에요?"

"100킬로 그 여자와 전화번호를 교환했다면서? 그러니 본인에게 이유를 물어보란 소리다."

엄마는 놀란 듯이 아버지를 쳐다보고 입을 다물었다.

"가족은 미처 모르는 뭔가가 있을지도 모른다. 타인의 눈은 냉정하니까. 좋은 기회라고 생각하고 적극적으로 대처하자꾸나. 반성 없이는 진보도 없으니까."

"그건…… 그렇지만."

부모가 보는 앞에서 그에게 전화하기는 싫었다.

"자, 식기 전에 2층으로 올라가서 편하게 마셔라."

아버지가 머그잔을 건네주었다.

계단을 올라와 방으로 들어가 문을 닫았다.

핸드폰을 바라보며 커피를 한 모금 마셨다.

"여보세요, 미야사카 다쓰히코입니다만."

"어라, 안녕하세요."

해맑은 목소리였다.

혹시 본부의 전화는 뭔가 착오가 있었나?

"본부에서 전화가 왔는데요."

"미안해요. 제가 거절해서 놀랐죠? 처음부터 세 명 다 거절할 생각이었어요. 테러박멸대에 들어가면 살이 빠질 것 같아서."

레이코 씨가 밝은 목소리로 대답했다.

뭐야, 그런 거였어?

"그럼 살이 빠져서 아름다워지면 다시 만나주세요."

마음이 편해졌다. 레이코 씨가 너무 안쓰러워서 마음에도 없는 소리까지 해버렸다.

"미안해요. 저는 그럴 마음이 없어요."

"네?"

"당신은 좋은 사람 같아요. 하지만…… 제 타입은 아니라서요. 이런 말을 대놓고 하기는 미안한데, 마음에도 없는 소리를 하면서까지 여지를 남겨둔다는 것도 예의는 아닌 것 같아서요. 아직 기회는 많으니까 열심히 하세요."

전화가 끊겼다.

방문을 잠그고 불을 껐다.

대체 내 어디가 그렇게 형편없는 거지?

이 세상 어디에도 내가 있을 곳이 없는 것만 같다.

역시 아무도 나를 상대해주지 않는다.

퍼플 씨…….

베개를 있는 힘껏 끌어안았다.

내 인생은 왜 이렇게 비참할까.

아아, 따뜻한 가정을 꾸리고 싶어…….

천장을 올려다보았다.

아이가 태어나면 같이 바둑을 두고, 산수 퍼즐도 풀고 싶었다. 날씨 좋은 날에는 사이클링을 겸해 둑까지 놀러 가고 꽃과 풀을 잔뜩 들고 들어와 아이와 함께 식물도감을 찾아보며 놀고 싶다. 바다에 가면 바다 생물을 관찰하고 싶다.

이런 생각이 든 것은 그 연하장을 봤기 때문이다.

대학 시절 바둑 동아리에서 활동을 한 적이 있다. 그때 함께 활동했던 친구가 같은 동아리 여자 선배와 사귀고 있었는데, 갑작스런 임신으로 졸업보다 결혼을 먼저 하게 되었다. 결국 그 친구는 결혼과 동시에 동아리를 그만두고 아르

바이트를 시작했다. 학부도 다르다 보니 자연스레 소원해졌
는데, 그나마 연말에 연하장만은 계속 주고받았다. 연하장
도 서로 틀에 박힌 말만 몇 마디 적어 보내 그저 생존을 확인
하는 정도였다. 그런데 올해 연하장에는 드물게도 한 문장
이 추가되었다.

"초등학교 1학년인 아들의 공부를 봐주고 있어. 생각보다
즐거워. (웃음)"

헉, 벌써 초등학생?

갑자기 그가 너무도 부러웠다. 운동도 잘했으니까 아들과
캐치볼을 하겠지. 낚시도 좋아했으니까 같이 다니기도 할
것이다.

오랫동안 만나지 못한 친구의 생활을 멋대로 상상하다 보
니 아이가 미칠 듯이 갖고 싶어졌다. 상상 속의 아이는 밝고
총명한 초등학생 남자아이였다.

그나저나 거절하려다 거절당한 충격에서 쉽게 빠져나
올 수 없었다. 사람은 외모만이 전부는 아니라고 생각하지
만, 역시 첫 번째 여성은 대단한 미인이었으니 자기 따위 거
절당해도 당연하다고 이해했다. 그러나 그 100킬로 여성까
지……

지금까지 여자들에게 느낀 불신감—남자를 외모만으로

판단하다니―의 화살촉이 이 순간 자신을 겨냥했다.

세 번째 여성과는 스기나미구의 노동복지회관에서 만났다.

회색 바지 정장에 검은색 터틀넥을 입고 액세서리 하나 걸치지 않은 모습이었다. 이렇게 심플한 차림은 타고나기를 화려한 여성이 입으면 멋있어 보일 것이다. 그러나 그는 그냥 촌스러워 보였다. 80년대의 서른세 살 여자는 이렇다라는 본보기를 보여주는 것 같았다. 열 살짜리 큰아이가 있고 그 밑으로 애가 둘이나 줄줄이 더 있는, 가족들 보살피느라 정작 자기 자신은 뒷전인 엄마…… 같은 느낌이었다.

근처 카페에 마주 앉았다. 간단한 자기소개를 하자 고개를 끄덕이며 들어주었다.

커피가 나왔다. 점원이 커피잔을 테이블에 내려놓자 여성이 가볍게 인사했다. 그 모습이 꼭 아줌마 같다. 젊은 여자라면 점원에게 인사 따위는 하지 않는다. 아니, 젊은 여자가 하면 예의가 바르다고 오히려 호감이 갔을 수도 있다. 왠지 기분이 복잡했다.

"하나무라 사나에입니다. 니가타에서 나고 자랐고 단과대학을 졸업하고 종합상사의 총무부에서 일하고 있습니다. 취미는 영화감상입니다."

사나에 씨가 부드럽게 미소를 지었다. 자신과 달리 차분했다.

말을 곧바로 받지 못했다. 정적이 흘렀다.

무슨 말이든 해야 하는데.

여자들은 대부분 이렇……다고 한다.

'나를 적극적으로 끌어주는 사람이 좋아.'

이 말을 떠올리자 갑자기 당황했다. 미리 준비해온 화제가 있었는데 뭐였더라?

당황하면 할수록 머릿속이 새하얘졌다.

"미야사카 씨, 지금까지 결혼하지 않으신 건 눈이 높아서인가요?"

사나에 씨가 말을 걸어주었다.

"그렇진 않아요. 그저…… 여러모로 잘 안 됐을 뿐입니다."

이렇게 말하면 마치 과거에 애인이 여러 명 있었으나 결혼에 골인하지 못했다는 소리로 들리지 않을까? 허세를 부릴 마음은 절대 없으나 애인 없는 역사가 곧 이십 칠 년이라고 굳이 밝히고 싶진 않았다.

"잘 안 됐다고요? 어째서요?"

"그야 여자는 진심으로 나를 사랑한다면 이런 걸 해줘야 한다느니 뭐라느니 남자에게 바라는 게 많잖아요."

"아, 그런가요? 예를 들어서?"

의아한 표정으로 이쪽을 바라본다. 다쓰히코가 연하여서 그런지 말투가 허물없어졌다.

"예를 들면…… 밥 한번 먹으러 가려 해도 친구들한테 자랑할 만큼 분위기가 로맨틱한 곳이어야 한다잖아요. 아니면 싫다고 고집을 부리고. 또 생일 선물은 에르메스가 아니면 안 된다거나. 뭐 이런 거죠."

"흠, 그렇구나. 미야사카 씨가 지금까지 사귄 여자들이 다 그런 타입이었나 봐?"

여성과 사귀어본 경험 자체가 없다만.

"네, 뭐 그렇습니다."

"그런 여자, 나는 꽃뱀이라고 생각해."

"꽃뱀?"

"응, 꽃뱀. 상대방이 비싼 돈을 쓰게 해놓고서 멀끔한 얼굴을 하니까 꽃뱀."

"아하."

"즉, 돈만 있으면 그만인 여자지."

"아니, 이건 꽤 전에 그랬다는 거고요. 요즘은 기준이 더 높아졌어요. 레스토랑에 가더라도 여성을 멋지고 능숙하게 에스코트해야 한다느니, 버블 시대에는 그나마 비싼 옷만 입으면 그만이었는데, 요즘은 남자에게 옷 입는 센스까지 요구하니깐요."

라고 어디선가 읽은 것을 그대로 읊었다.

"저는 그런 게 싫어요. 피곤해요. 시간 낭비죠."

마치 여성의 경박함이 싫어서 이쪽에서 죄다 찼다는 말투였다. 한 번 거짓말을 하면 또 속이기 위해서 거짓말을 해야 하는 것을 잘 알면서도.

"나는 쉬는 날이면 청바지에 스웨터를 입으니까 옷 입는 센스니 뭐니 날카로운 눈으로 따질 자격이 없지만."

"하지만 그 청바지도 몇만 엔, 아니지 몇십만 엔이나 하는 빈티지라거나?"

"그런 건 산 적도 없어. 나는 옷은 보통 할인마트에서 사. 스웨터는 3,980엔(약 40,000원) 정도일까?"

알뜰한 여성인 줄은 알겠다. 이런 여성과 가정을 꾸리면 경제적으로 든든하겠지. 그러나 취향이 아니었다. 그렇게 생각하니 그런 알뜰함조차 가난에 찌들어 보였다. 살림에 지친 궁색한 중년처럼 보였다. 매일 불경이라도 외듯이 절약하자며 집안의 형광등을 끄고 다니는 엄마의 모습이 떠올랐다.

문득 자기 자신이 생소하게 느껴졌다. 눈앞의 여성을 두고 이러쿵저러쿵하기 이전에 연애에 관한 생각이 근본부터 흔들렸다. 가정을 꾸린다면 사나에 씨 같은 여성이 적합하다는 것을 머리로는 알지만, 역시 나는 귀여운 여성이 더 좋은가 보다. 조금쯤은 낭비벽이 있어도 좋으니까…….

"미야사카 씨, 지금까지 돈이 많은 아가씨하고만 사귀었구나."

벌써 거짓말을 잔뜩 해버렸다.

아아, 오늘은 절대로 말을 많이 하지 않겠다고 결심했는데…….

후회막급이다. 집을 나설 때, 저 말을 두 번이나 소리 내어 말하면서 마음속으로 다짐했건만.

평소에도 침묵이 두려워서 대화를 이어나가려고 아무 말이나 해버린다. 이 버릇이 심해져서 대학생 때 동아리에서도 혼자 횡설수설했고, 여자들은 그것을 대놓고 싫어했다.

그래, 상대에게 질문을 던지자, 사나에 씨가 말하게 하면 된다.

"그러면 하나무라 씨는 지금까지 어떤 사람과 사귀었어요?"

"나는 남자와 사귀어본 적이 한 번도 없어."

"어, 왜요?"

딱 보기에도 남성의 시선을 끌진 않을 것 같다. 그렇다고 이성의 접근이 아예 없었을 리는 없는데.

"왜긴 뭐가 왜야, 그야 인기가 없으니까."

사나에 씨가 후후 웃으며 말했다.

"솔직히 말해서 여성으로는 드문 타입이네요."

"어, 그런가? 내 친구들은 다 이런 분위기인데. 미야사카 씨 주변에 있는 여자들은 다들 자존심이 센가 보다."

거짓말은 그만하고 싶다. 그러나 이미 늦었다.

"뭐, 일단은 그래요."

"지금까지 사귄 사람 중에 결혼하고 싶은 여자는 없었어?"

어떻게 대답하지. 또 거짓말을 해야 하나.

"글쎄요……. 요즘은 다들 만혼화 추세니까요. 대학생 때 친구들도 이십 대에 결혼하는 녀석이 드물고 대부분 독신이에요. 그래서 당분간은 이대로도 괜찮을 것 같았죠. 편의점에 가면 도시락도 팔고 빨래도 세탁소에 보내면 되고, 또 세탁기랑 건조기로 직접 해도 되니까요. 청소는 안 해도 죽진 않고 정기적으로 가사도우미를 쓰면 되죠. 이렇게 생각하니 결혼할 필요를 못 느끼겠어요."

……라고 누군가가 말한 것을 들은 적이 있다. 사실은 엄

마가 집안일을 도맡아서 해주고 애초에 세탁기와 청소기 자체를 써본 적이 없다.

한참 기다려도 대답이 없었다. 힐끔 보니 사나에 씨는 어두운 표정으로 커피잔을 빤히 들여다보고 있었다.

"그 말은 아내는 결국 가정부란 소리네."

고개를 숙인 채 사나에 씨가 말하고 크게 한숨을 내쉬었다.

"아니, 그게……, 저는 그저……."

"남자들의 그런 무신경함을 견딜 수 있는 여자만 결혼하는 거구나. 응, 분명 그렇겠지. 결혼식에서 신부는 다들 행복해 보이는데 사실은 이런 굴욕을 꾹 참는 거구나. 나는 성격이 강해서 안 되겠다."

마지막은 혼잣말이었다.

"아, 아니요. 그런 의미가 아니에요."

허둥거리며 변명했으나 자기 자신도 어떤 의미에서 그런 이야기를 내뱉었는지 모르겠다.

"그래도 그 나이 먹고도 하나부터 열까지 어머니 손을 번거롭게 하는 남자보다는 직접 청소하고 세탁한다고 하니 그나마 낫네."

사나에 씨는 한숨을 내쉬며 마치 인생에 절망했다는 표정으로 먼 곳을 쳐다보았다.

∞

스즈카케 요시미는 맞선회장인 시부야구 구민센터에 있었다.

오늘 맞선 상대는 긴바야시 란보라는 남성이다. 신상명세서를 보니 나이는 요시미와 동갑인 서른한 살로 직업은 여행 가이드였다.

어떤 사람일까? 이름이 독특해서 상상이 되지 않았다.

오늘로 두 번째 맞선이다. 어떤 사람은 벌써 네 명, 다섯 명과 맞선을 보았다고 하는데, 요시미는 첫 번째 맞선 남성과 얼마간 사귀어서 맞선 사이클이 늦어졌다.

첫 번째 남성은 한마디로 표현해 착한 사람이었다. 그러나 좋아지지 않았다. 아니, 인간으로서는 좋았다. 친구로서 좋았다. 그러나 그와 키스하는 것은 상상하기도 싫었다.

인간성의 좋고 나쁨과 이성적인 매력이 완전히 별개임을 깨달은 것은 중학교 때였다. 자연스럽게 사랑에 빠지는 것은 순식간인데, 노력해서 사랑에 빠지는 것은 역시 쉽지 않았다.

맞선은 너무 어렵다. 처음부터 일대일로 만나니까 상대의 성격이나 매력을 알기 어렵다.

예를 들어 중고등학교 때처럼 같은 반에 있는 남자애라면 친구나 선생님을 대하는 태도를 보면서 인간성이나 능력 같은 전체상을 자연스럽게 알게 된다. 직장에서도 마찬가지다. 약사였던 그의 경우도 일에 임하는 자세, 상사나 부하나 환자를 대하는 태도 등을 일상적으로 지켜보다가 호감을 느꼈다.

그러나 맞선은 상대와 주변의 관계가 일절 보이지 않는다. 그런 상황이므로 인간성을 조금씩 알아가는 기회를 쌓더라도 상대를 이해하기까지 시간이 오래 걸릴 것이다.

첫 번째 남성과 여러 번 데이트를 했다. 식사도 하고 영화를 보기도 했다. 그러나 아무리 만나도 좋은 사람 이상의 감정은 안타깝게도 생기지 않았다. 아마 그쪽도 비슷한 감정이었으리라. 그는 마지막까지 적극적이지도 않고 소극적이지도 않았다.

지금도 여전히 매스컴에서는 추첨맞선에 대해 연일 보도한다. 길거리 인터뷰에서는 "첫 번째, 두 번째 상대를 다 거절해서 지금 세 번째인데, 지나고 보니 첫 번째 사람이 제일 나았어요. 하지만 어쩌겠어요. 이미 엎어진 물인데"라는 이야기가 가장 많이 나왔다.

그런 소리를 들을 때마다 경솔하게 거절하지 말고 신중해져야겠다고 다짐했다.

그리고 또 한 가지 그를 쉽게 거절하지 못했던 이유는, 그가 술을 한 방울도 입에 대지 않는 사람이었기 때문이다. 알코올의존증에 걸릴 일이 없는 사람이어서 엄마에게도 합격점을 받을 것이다.

아마 상대방도 고민했을 것이다. 남자라면 누구나 미인이며 매력적인 여성을 원할 것이다. 그러니 스즈카케 요시미 수준으로 타협할지 말지 자기감정을 관찰했으리라.

그러나 결국 서로 끌리지 않았다. 의논한 끝에 그쪽에서 거절해주기로 했다. 아무래도 여자 쪽에서 맞선을 거절할 경우가 더 많을 것을 헤아려준 처사다. 감사한 배려였다.

지금 생각해도 좋은 사람이다. 그래서 헤어진 직후 맹렬하게 후회했다.

좀처럼 없을 기회를 놓친 것은 아닐까.

좋은 사람이기만 하면 충분하지 않았나?

상경하기 전만 해도 분명…….

이렇게 됐으니 도쿄에 사는 남자라면 누구든 괜찮다. 키가 작든 돼지든 대머리든 괜찮다. 성실하기만 하면 외모나 수입이나 학력 따위는 아무래도 좋다. 애초에 본인 역시 남의 외모를 두고 이러쿵저러쿵 따질 자격이 없다. 키 작고 뚱뚱하고 못생기기까지 했으니, 삼박자를 다 갖추지 않았나.

이 결심을 어느새 잊고 있었다. 그렇게 다짐하고 또 다짐했는데 결국은 텔레비전에 나오는 길거리 인터뷰와 같은 결과로 끝날 것 같다.

그런데, 그런데 말이다. 대체 무슨 일인지 하늘이 나를 버리지 않았다.

시작하기 직전에 회장으로 뛰어 들어온 남자는 정말 멋있었다. 모든 여자의 시선이 쏠렸을 정도다.

그리고 세상에, 그 사람이 요시미의 옆자리에 앉았다.

이제까지 살면서 외모에 집착한 적은 결코 없는데 순식간에 마음을 빼앗겼다. 그러나 곧 슬퍼졌다. 보자마자 거절당할 것이 불 보듯 뻔했으니까.

맞선을 시작하기 전부터 기분이 점점 가라앉았다.

멍하니 창밖을 바라보다가 번호가 불려 앞으로 나갔다.

여자들의 질투 어린 시선에 몸 어딘가에 구멍이 뚫릴 것 같았다.

"처음 뵙겠습니다. 긴바야시 란보입니다."

그가 싱긋 웃는다. 어디를 봐야 할지 모르겠다.

"아…… 안녕하세요. 저는…… 스즈카케 요시미입니다."

"일단 밖으로 나갈까요?"

그는 그렇게 말하고 요시미의 팔꿈치를 부드럽게 붙잡았다.

새빨개진 얼굴을 들키지 않으려고 허둥지둥 고개를 숙였다.

회장을 나오자 그가 멈췄다.

옆모습이 마치 그리스 조각상 같다. 이마에 흘러내린 자연스러운 앞머리가 산들바람에 흔들렸다.

"슬슬 점심때니까 식사라도 하면 어떨까요?"

"……네."

긴장해서 목소리가 뒤집어졌다.

완전히 주눅이 들었다.

왜 이런 잘생긴 남자가 나처럼 촌스러운 여자와 식사를 해야 하는 거지? 전혀 격이 맞지 않는다.

최소한의 예의일까? 금방 헤어질 수는 없고 차만 마시자고 하기에는 점심을 먹을 시간이니까 부자연스럽다고 생각했을까? 나는 카페여도 전혀 상관없는데.

마음을 써준다고 생각하니 미안해서 마음이 무거웠다.

얼마 걷지 않아 복고풍 스타일의 러시아 요리 레스토랑에 들어 갔다.

창가 자리로 안내를 받고 앉아 메뉴를 살폈다.

"여기는 학생 시절 자주 오던 곳이에요."

"학생 때요?"

가격대를 보니 그럭저럭 저렴한 편이었지만, 자신의 대학 시절에는 전혀 상상할 수 없는 곳이다. 민가에서 떨어진 산인山陰 지방의 국립대학 주변에는 세련된 가게라고는 전혀 찾아 볼 수 없었다. 기숙사에서 나오는 급식 중에 외래어로 된 요리라고는 스파게티와 카레라이스 정도였다.

"피로시키와 보르스치가 나오는 뚝배기 런치를 추천해요."

"그럼 그걸로 할게요."

점원을 불러 주문을 하고 그는 가방에서 신상명세서를 꺼냈다.

"도내 종합병원에서 간호사로 일하신다고요. 가족은 효고에 사시는 어머님이 계시고."

"그래요. 아버지는 오 년 전에 돌아가셨어요."

"그러세요? 쓸쓸하시겠어요."

이 사람, 말투도 좋다.

이렇게 멋있는 사람이 왜 진작 결혼하지 않았을까? 마음만 먹으면 애인쯤 금방 생길 텐데.

"저기…… 긴바야시 씨는 이름이 독특하세요. 텔레비전의 기모노 복식 교실에 나오는 긴바야시 세쓰코 씨와는 친척인가요?"

"아아, 제 어머니예요."

"네? 어머님?"

"네. 어머니는 주로 연예인이나 모델에게 기모노를 입히는 일을 하세요. 얼마 전에 아트 나데시코라는 회사를 세워 기모노 판매도 시작했습니다."

"그럼 아버님이 아마……."

"데이토대학 불문학과 교수입니다."

저절로 탄식이 나왔다. 아무래도 소문과 달리 추첨맞선은 집안 수준을 전혀 고려하지 않나 보다.

예전에 엄마가 긴바야시 세쓰코의 자택이 실린 잡지를 보여준 적이 있다. 엄마는 예전부터 그의 팬이다. 산겐자야에 있는 거대한 서양식 저택을 보며 엄마가 동경 어린 탄식을 내지르던 것이 지금도 눈에 선하다. 정원에 각종 허브를 키웠고 벤치까지 있었다. 마치 외국 그림책 같은 광경에 엄마는 흠뻑 빠졌다.

주문한 음식이 나왔다.

그래, 오늘은 재미있는 경험을 하는 날이라고 생각하자.

이런 남성과 단둘이 식사할 기회가 내 인생에 또 있겠어? 그 이상한 법 덕분에 진귀한 경험을 하는 것이다.

어차피 남자 쪽에서 거절할 테니까 요시미의 포인트는 줄어들지 않는다. 3포인트가 그대로 남아 있다. 오늘은 편하게 놀자. 오랜만에 러시아 요리도 먹고, 긴바야시 세쓰코의 저택 풍경까지 들으면 횡재다. 엄마한테 말하면 분명 기뻐하겠지.

응, 즐거워. 아주 즐거워.

그래도 일단 만약을 위해서…… 가장 중요한 것만 물어볼까.

"긴바야시 씨는 술을 좋아하세요?"

갑자기 화제를 바꾼 탓에 그가 순간 의아한 표정을 지었다.

"네, 뭐. 어느 정도는."

오늘만의 만남이지만 그래도 역시 실망했다. 대답으로 보아 많이 마시는 모양이다.

"술을 마시는 남자는 싫으세요?"

"아니요, 그렇지는……."

"아버님이 알코올의존증이셨다거나?"

갑작스러운 질문에 말문이 막혔다.

곧 그가 웃음을 터뜨렸다.

"요시미 씨, 알기 쉬운 분이네요. 농담으로 물어봤는데 마치 나락으로 떨어진 것처럼 암울한 표정을 지었어요."

그가 재미있어 죽겠다는 듯이 웃었다.

아버지가 알코올의존증, 어머니는 시골에 혼자 살고 본인은 간호사, 즉 여자 혼자서도 살 수 있는 직업……. 그의 머릿속에서 그림처럼 불행한 인생 스토리가 만들어졌을 것이 뻔했다. 게다가 남자 쪽은 아버지가 대학교수에 어머니는 긴바야시 세쓰코라니…….

그는 왜 저렇게 밝게 웃을까?

남의 불행을 유희로 여기는 느낌은 아닌데.

단순히 천진난만한 건가?

"죄송해요. 너무 웃어서. 그건 그렇고 고향을 떠나서 간호사로 일하시다니 대단해요."

"그렇지도 않아요. 동료들도 다 비슷한데요."

"하지만 어머님께 생활비를 보내시잖아요?"

얼른 고개를 설레설레 가로저었다.

"그럴 리가요. 그 연세인 분들은 다들 연금 받으며 유유자

적 사세요. 게다가 엄마는 산도 있고, 땅도 있고, 통장에 돈도 좀 있어서 그럭저럭 괜찮으세요. 결혼해도 엄마를 모시고 살 걱정도 없어요. 사시는 곳에 워낙 친구분들이 많아서 도쿄에 오기는 싫다고 늘 말씀하세요."

왜 이런 거짓말을 했는지는 요시미 본인도 잘 모르겠다. 다급하게 변명을 늘어놓아서 의심을 사지 않을까? 원래 거짓말은 서툴다.

"전화가 울려요."

그가 요시미의 가방을 가리켰다.

"괜찮아요."

"하지만 간호사니까 긴급 호출일 수도 있잖아요?"

그 말에 어쩔 수 없이 핸드폰을 꺼냈으나 예상대로 엄마여서 그냥 덮었다.

"엄마예요."

"어머님이요? 그럼 받으세요. 저는 신경 쓰지 마시고요."

"괜찮아요. 엄마가 좀 걱정병이 있어서요."

무심코 단호하게 말해버렸다.

"실례지만 어머님과 사이가 안 좋으세요?"

"그렇진 않아요. 그런데 긴바야시 씨는 여자한테 인기가 많죠?"

화제를 바꾸고 싶었다.

그는 조금 놀란 듯이 요시미를 바라보았지만, 마음을 헤아렸는지 곧 질문에 대답해주었다.

"글쎄요. 그렇지도 않아요."

대답하기 가장 어려운 질문일 것이다. 귀찮을 정도로 여자가 따른다고는 솔직하게 대답하지 못할 테니까.

그나저나 그는 몇 번이나 먼저 맞선 상대를 거절했을까? 4월에 시작해서 벌써 두 달이 지났으니 어쩌면 자신이 세 번째라거나?

다들 상대에게 몇 포인트 남아 있는지 궁금했지만, 암묵적으로 서로서로 묻지 않는 분위기가 되었다. 물론 초반에는 텔레비전에서 대놓고 몇 번째 맞선인지 말하는 사람도 있었는데, 요즘은 다들 입을 다물었다.

한번 더 거절했다가는 테러박멸대로 가야만 하는 상황을 알게 된 상대방이 그 약점을 이용해 결혼을 종용하거나 거의 협박 수준으로 결혼을 요구하는 일도 있었고, 심한 경우 형사사건으로까지 이어지기도 했다.

"간호사 일은 힘들죠?"

"네, 그렇죠. 야근도 있고 긴급 호출될 때도 많아요. 특히 인원이 부족해서 매일 체력의 한계를 느껴요."

"결혼 후에는 일을 그만두실 생각인가요?"

"아니요. 가능하면 계속하고 싶어요. 다른 사람을 도와준다고 생각하면 정신적으로 안정이 되거든요. 그게 없으면 저처럼 성격이 비뚤어진 사람은 살아가기 힘드니까요."

그는 대답하지 않고 이쪽을 가만히 쳐다보았다.

"어머? 내가 무슨 소리를 하는 거야. 죄송해요. 처음 만났는데 이상한 소리나 하고."

"아니야, 아주 좋아."

그가 갑자기 말을 편하게 하며 다정하게 웃었다.

가슴이 뛰었다.

나는 왜 이리 단순할까.

정말 웃기지도 않지.

"좋다니요?"

"그러니까……, 솔직해서 대화를 나누면 마음이 편해."

"그건, 고마워요."

"옷차림처럼 마음도 평상복인 사람이네."

"네? 옷이요? 이거 평상복 아닌데요. 내가 가진 옷 중에서 제일 좋아하는 거예요."

그러자 갑자기 그가 고개를 숙이고 양손으로 입을 막았다.

"이 검은 원피스가 그렇게 이상해요?"

그의 머리카락이 잘게 흔들렸다.

"그게…… 그 옷…….'

이번에는 고개를 들고 대놓고 소리 내어 웃기 시작했다.

"잘 보니까, 하하하……. 하얀 곰이…… 프린트되어
서…….'

잘 웃는 사람이다.

"이상해요? 나는 귀여운데. 백곰이 작아서 멀리서 보면
물방울처럼 보이니까 별로 이상한 것 같지 않은데.'

"그런 옷은 대체 어디에서 팔아?'

"귀성했을 때 동네 수예점에서 샀어요. 수예 샘플로 걸려
있었는데 첫눈에 반해서 고집을 부려서 샀죠.'

도쿄 일등지에서 자란 부잣집 도련님과 패션에 대한 대화
가 통할 리 없다. 요시미는 동료 간호사들이 쓰는 패션 용어
조차 모른다.

"휴일에는 뭐 하면서 지내?'

"도쿄에 온 지 반년이 지났는데 이제야 이쪽 환경에도 익
숙해지고 조금 여유가 생겨서 요즘은 매주 친구랑 여기저기
다녀요.'

"친구?'

"친구라도 환자지만요. 퇴원한 후에도 연락해주는 환자

분이 꽤 있거든요. 초등학생부터 어르신까지."

"인기가 있구나. 하긴, 그렇겠지. 당신이라면."

그는 혼자 무슨 생각을 하는지 고개를 여러 번 끄덕였다.

"음, 잘 모르겠어요. 열심히 마음을 다해 일하긴 하지만 아직 멀었어요. 죽을 때까지 수행하는 기분이에요."

"아아, 그렇구나."

아아, 그렇구나라니 뭐가?

그의 표정이 어딘가 애틋해졌다.

"만났을 때, 강렬한 향수를 느꼈어."

"향수요? 하지만 긴바야시 씨는 도쿄에서 태어났잖아요?"

"응, 그래서 내가 느끼는 향수가 몇 살 때 어디에서 겪은 기억인지 당신을 만나고 계속 생각했는데 잘 모르겠더라고. 그런데 지금 막 생각났어. 처음 취직했을 때 사귀던 여성과 비슷한 느낌이야. 그러니까 성실하고 소박하고…… 그런 사람이란 걸 지금 알았어."

"그분하고는 헤어졌어요?"

"그 사람은…… 죽었어."

그 여자는 지금도 여전히 그의 안에 있다.

그가 받은 마음의 상처는 낫지 않았다.

괴로운 그 옆모습을 보면 안다.

"다음에 드라이브라도 가지 않을래?"

무거운 공기를 날리려는 듯이 그가 웃었다.

"드라이브요?"

"싫어?"

그야 설마 또 만나자고 해줄 줄은 몰랐으니까…….

"아니요, 저기……. 꼭 같이 가고 싶어요."

후유무라 나나는 도청 제2청사의 회의실로 가는 길이다. 추첨맞선이 시작되기까지 몇 분 안 남았다.

정말 어리석었다.

왜 그런 경솔한 실수를 했을까.

두 번째 상대를 거절한 것을 미칠 듯이 후회하고 있다. 세 번째 맞선남까지 거절하면 테러박멸대에 가야 한다.

텔레비전에서 테러박멸대에 입대한 여성들을 다룬 다큐멘터리를 방송했는데, 군 생활은 상상 이상으로 혹독했다. 나나는 도저히 견디지 못할 것 같았다.

다행히 며칠 전에 도망칠 방도가 생겼다. 만약 일 년 안에 결혼 상대를 직접 찾게 되면 이 제도로부터 자유로워진다고 한다. 일 년 동안 추첨맞선결혼법 시행 시범기간을 둔 것이다. 전국 각지에서 불평불만이 쏟아져 나왔고, 때문에 법률 개정이 계속해서 추가로 이뤄지고 있는 형국이다.

그렇다면 오늘 만날 세 번째 상대에게는 어물쩍 대답을 미루고 그사이에 결혼 상대를 직접 찾으면 된다.

말은 쉽지만 실제로 그렇게 하기는 정말 어렵다. 조금씩 시간을 끌면서 적절할 시기에 거절의사를 밝히려 했는데 두 번의 맞선 다 그렇게 하지 못했다.

첫 번째 맞선남은 정말이지 기분 나빴다. 마치 초등학생 남자애처럼 순진한 구석이 있었다. 상대가 쉽게 거절 의향을 밝히지 않은 것을 두고 단단히 착각을 했는지 어느 순간 적극적으로 돌변을 했다. 매일 같이 전화를 걸어 데이트 신청을 하지 않나, 계속 거절만 하기도 어려워 한번은 영화를 보러 가줬는데, 자리에 앉자마자 손을 덥석 잡아 하마터면 비명을 지를 뻔했다.

여성에게 익숙하지 않은 남자란 다 이 모양인가? 상대 여성이 자기를 어떻게 생각하는지 파악이 안 되나 보다. 아니면 그 정도로 둔감한가?

지금까지 사귄 남성 중에는 그런 스타일은 없었다. 나나가 딱 원하는 타이밍에 안고 키스를 해주었다. 처음 여행을 가자고 말을 꺼내는 타이밍도 그랬다. 마치 마음을 읽는 것처럼 모든 것이 원활하게 진행되었다.

혹시 관심을 못 받는 남자들은 여성들이 예의상 짓는 가짜 웃음과 진짜 웃음이 어떻게 다른지 구분조차 못하나? 그렇다면 최악이다.

두 번째 남성은 그저 좋아 죽겠는지 얼굴에서 미소가 사라지지 않았다. 맞선회장을 나와 카페로 들어가자, 음료를 주문하기도 전에 느닷없이 청혼했다. 농담인 줄 알았는데 눈빛이 진지해서 이번에도 소름이 끼쳤다. 아직 성격도 모르는데 결혼 소리를 꺼내는 정신 상태를 이해하지 못하겠다.

집에 가고 싶다고 생각했을 때, 점원이 주문을 받으러 왔다. 학생 같았다. 얼굴이 예쁘장하고 풋풋한 아르바이트 청년이었다. 눈이 마주쳤을 때 잠깐이지만 넋을 잃었다.

그때, 맞은편에서 "나는 커피, 따뜻하게" 하고 위협하는 듯한 큰 소리가 들렸다. 놀라서 소리가 나는 쪽을 쳐다보니 맞선남이 점원 청년을 대놓고 노려보고 있었다.

내 여자한테 손대지 말라고 으르렁대는 표정이어서 이쯤되니 소름 끼치는 정도를 넘어서 무서웠다. 같이 카페에 들어왔을 뿐인데 '내 여자'라고 오해하는 상대라면 계속 예의를 지켰다가는 위험하다.

남성 불신에 빠질 것 같다.

집에 오자마자 엄마와 상담했고 그날 곧바로 본부에 전화를 걸어 거절했다. 이유는 첫 번째와 마찬가지로 성격 불일치로.

하지만 오늘은 절대 이쪽에서 거절할 수 없다. 어제 엄마와 같이 대책을 세웠는데, 철저하게 얄미운 여자를 연기해서 상대가 거절하게끔 유도하는 작전을 쓰기로 했다. 물론 오늘 상대가 멋진 남성이라면 이야기는 달라지지만.

가장 유의할 점은 1포인트만 남았다는 사실을 상대에게 들키면 안 된다는 것이다. 만약 상대가 물어보면 3포인트가 그대로 남았다고 대답할 작정이다. 첫 번째 사람과 얼마간 사귀었으나 그쪽에서 거절했다고 하고 이번이 두 번째 맞선이라고 하자. 아직 여유만만하다는 분위기를 보여줘야 한다.

최근 들어 이대로 가다가는 끝이 없다고 국회에서 거절당하는 쪽도 횟수에 제한을 둬야 한다는 말이 나왔다. 그래야 한다. 안 그러면 형편없는 남자가 영원히 여자들 사이를 맴돌게 되니까.

그러나 "인기 없는 인간에게 세금을 낭비할 수 없다"는 오노데라 유키코 저출생대책 담당 의원의 발언이 크게 문제가 되었다. 추첨맞선결혼법이 제정된 이후 '도호쿠 동정연맹'이니 '죄송하네요 인기 없는 여자라서 연맹', 일명 '죄송여자연맹'이라는 오사카의 여성 단체 등이 다수 발족해서 아주 난리다.

그들은 매일 같이 항의집회를 펼치며 오노데라 의원을 궁지로 몰아세웠다. 그 결과, 거절당하는 쪽의 제한 횟수를 설정하자는 제안은 현재 좌절된 상태다.

아아…… 정말 짜증 나.

그나저나 란보는 지금 어쩌고 있을까?

다시 사귀자고 말해주기를 기다리고 있는데…….

매일이 불안해서 견딜 수 없다. 란보 말고는 남자를 차면 찼지 차여 본 적은 없는데, 지금의 맞선남들과 비교하면 그때 찼던 남자들이 몇 백배는 훌륭한 인간들이다. 그들에게 닥치는 대로 전화를 걸어서 나를 좋아하는지 묻고 싶었다.

그런 생각을 하던 차에 '맞선회장'이라고 적힌 벽보가 눈에 들어 왔다. 슬슬 시작할 시간이다. 나나 뒤를 따라 담당 직원도 회장으로 들어왔다.

옆자리에는 누가 봐도 인기가 없을 남성이 앉아 있었다. 머리부터 발끝까지 '맞선 필승 스타일'로 입었다.

눈이 마주치자 그가 놀랐는지 허둥지둥 시선을 피했다.

순박해 보이니 그나마 낫나.

둘의 번호가 불려 앞으로 나갔다.

"처음 뵙겠습니다. 미야사카 다쓰히코입니다."

"후유무라 나나입니다. 잘 부탁해요."

그러면 그렇지, 이번 남성도 나나를 보고 첫눈에 반했나 보다.

히죽거리는 얼굴을 어떻게든 다잡으려고 마른기침을 하며 아주 부산하게 굴었다.

나나와 만난 남성은 다들 기쁨을 감추지 못한다. 물론 그 기분은 이해한다. 회장 안에서 미인이라고 할 만한 사람은 나나 말고 없으니까.

그러나 그런 단순함에서는 지성이라곤 먼지 한 톨만큼도 느껴지지 않아 등줄기가 오싹했다.

그가 수줍은 듯이 웃었다.

소름이 돋았다.

진짜 싫다, 이런 남자.

어쩌지.

불안이 차올랐다.

표정부터 기뻐서 어쩔 줄 모르는 남자가 거절하게 한다는 것은 아무리 생각해도 쉽지 않을 것 같다.

아니야, 괜찮다. 여차하면 엄마가 있으니까.

엄마의 얼굴을 떠올리자 마음이 조금은 편해졌다.

"차라도 마실까요?"

나나의 제안에 남자의 얼굴이 반짝 빛났다.

설마 겨우 이 정도로 마음이 있다고 오해했나?

순진해 보이는 만큼 조심해야겠는데.

도청을 나오자 눈앞에 외국계 고급 호텔이 우뚝 솟았다. 일 때문에 이곳의 최상층 라운지 카페에 딱 한 번 가본 적이 있다. 커피 한 잔이 무려 1,800엔(약 18,000원)이나 한다.

고급스러운 가게에 자주 다니는 부류처럼 보여야 한다고 엄마가 말했다. 자기 월급으로는 도저히 감당할 수 없다고 판단하게 해서 거절하도록 유도하는 것이 엄마가 낸 꾀였다.

그 계획을 실행에 옮기기 위해 오늘은 위에서부터 아래까지 고급 브랜드로 휘감았다. 그것도 딱 보면 명품인 줄 알도록 로고가 커다랗게 프린트된 것을 일부러 골랐다. 가방도 100만 엔(약 1,000만 원) 이상 하는 엄마의 가방을 빌렸다.

미리 입을 맞춘 대로 엄마가 라운지 구석에 앉아 있다가 나나를 보고 가볍게 고개를 끄덕였다. 엄마가 같은 공간에 있어 주는 것만으로도 불안이 사라졌다.

"사실은 나, 요리를 전혀 못해."

평소라면 처음 만난 사람에게 정중하게 존댓말을 쓰지만 거만하고 예의 없게 보이려고 반말을 쓰기로 했다. 이것도 엄마의 제안이다.

"아아, 그래요?"

남자의 얼굴에는 놀라운 기색도, 실망하는 기색도 없었다.

"솔직히 말해서 요리 이전의 문제지만."

거짓말은 아니다.

란보와 유후인에 갔을 때, 저녁 식사로 규슈 소고기 스키야키가 나왔다. 달걀을 깨본 적이 없어서 그릇 모서리에 대고 조심스럽게 통통 때려서 조금씩 금이 가게 했다. 그 결과, 그릇 안에 조각조각 난 껍질이 내용물과 뒤섞여 들어갔다.

사귄 지 얼마 되지 않은 때여서 란보는 싫은 내색 하나 없이 깔끔하게 깨뜨린 자신의 달걀 접시와 교환해주었다.

그때가 좋았다. 어설픈 행동도 사랑스럽게 봐주는 때는 연애 초기뿐이다.

그나저나 나는 왜 이렇게 잘하는 게 없을까? 부모님은 손재주가 뛰어나다. 아빠는 기계를 잘 다루고 또 좋아해서 뭐든 직접 수리한다. 엄마는 일식은 물론이고 중국, 이탈리아 요리까지 거뜬히 만들고 자수와 뜨개질도 잘한다.

물론 나나도 노력했다. 요리 교실에 다니려고 학원 팸플

릿을 모으기도 했다. 그때마다 엄마가 꼭 끼어들었다.

"엄마가 가르쳐줄게. 돈이랑 시간이 아깝게 뭐 하러 학원에 다니니?"

맞는 말이었다.

쉬는 날 저녁을 혼자 준비하겠다고 선언한 적도 여러 번 있었다. 의기양양하게 부엌에 서지만 당연히 서툴렀다. 옆에 달라붙어 지켜보던 엄마는 어리바리한 딸을 보다가 도중에 참지 못하고 나섰다.

"아아, 그러면 안 돼. 그게 아니라니까. 봐봐, 이렇게 하는 거야."

"빨리빨리 해야지. 너무 끓으면 풍미가 사라져서 안 돼."

이런 일이 몇 번 반복되자 의욕이 완전히 사라졌다. 그렇게 요리와 거리를 둔 상태로 지금에 이르렀다.

게다가 학원에 다닌 동료의 경험담도 요리 교실에 거부감을 느끼게 했다. 동료의 이야기에 따르면, 요리 교실은 요리를 못하는 여자만 오는 곳이 아니었다. 대여섯 명이 한 그룹을 이루는데 그 안에서 미묘한 역학관계가 생긴다. 요리를 잘한다고 자부하는 여자가 중요한 부분들을 독식해 하려고 드니까 실력이 부족한 여자는 나서지 못하는 분위기가 형성된다. 동료도 설거지를 하러 다닌 셈이라고 분개했다.

"컵라면 말고는 못 만들어."

전형적인 골 빈 여자를 연기할 생각이었다. 꾸미는 것에만 흥미가 있고 실제 생활에서는 아무 도움도 안 되는 여자. 음, 연기라기보다 이게 내 진짜 모습일지도 모르지만.

남자가 질렸다는 반응을 보여주기를 기다렸다.

"컵라면만은 아니죠. 나나 씨라면 컵우동도 만들 수 있어요."

그가 아주 재미있는 농담이라는 듯이 말했으나 재미라곤 하나도 없어서 웃음이 나오지 않았다.

치뜨는 눈빛이 싫었다.

애교를 부리는 듯한 치뜨는 눈빛.

지금까지 사귄 남성 중에 저런 눈빛을 보내는 사람은 없었다.

"죄송합니다, 괜한 소리를 해서. 분위기 파악을 못 하는 사람이라는 소리를 자주 들어요. 이상한 소리를 해서 분위기를 썰렁하게 한 적도 많아요……. 저는 뭐가 이상한지 전혀 모르겠지만요. 뭐, 그 이전에 저는 여심에 대해 아는 게 하나도 없어요."

그가 힘없이 미소를 지었다.

"여심? 구체적으로 뭘 말하는 거야?"

"여자에게는 여자만의 특별한 감정이 있달까……."

당황했는지 그의 시선이 허공을 더듬었다.

"그럼 남심도 있겠네?"

자꾸만 괴롭혀주고 싶었다.

"음, 남심이 있더라도 그건 평범한 인간의 마음을 말하는 거겠죠. 하지만 여자들에게는 여자들 특유의 감정이 있잖아요?"

"그러니까 예를 들어서 어떤 감정이냐고? 지금까지 사귄 사람들 중에 여심이니 뭐니 무슨 트로트 세계관 같은 소리를 한 사람은 없거든."

말하면서 또 한 가지 재미있는 생각이 떠올랐다. 지금까지 남자를 수없이 갈아치운 놀기 좋아하는 헤픈 여자를 연기하면 이 남자는 어떻게 나올까? 이런 저급한 방법을 쓴 것은 엄마에게는 비밀로 해야지. 아마 이 남자는 한 번도 여자와 사귀어 본 적이 없을 것이다. 그렇다면 당연히 순정적인 여자를 원할 것이다.

"트로트 세계관이요? 저는 여성분이 보기에 역시…… 이상한가요?"

그는 당장에라도 울 것 같은 표정을 지었다.

"갓난아기 때나 어렸을 때는 남성도 여성도 없잖아? 그냥 단순한 어린애잖아. 아니야?"

"그건 그렇죠."

"그렇다면 우리 여자들은 어느 시점부터 댁이 말하는 그 이해할 수 없는 미지의 생물로 변신하는데?"

그는 미간에 주름을 잡았다. 진지하게 고민하나 보다.

비위를 맞추려는 미미한 미소보다는 불쾌하지 않아 백 배 나았다.

"모르겠어요."

"똑같다니까."

"똑같다니요?"

다시 눈을 치뜨고 연약하게 간살부리는 웃음.

짜증이 정점에 달했다.

"남자도 여자도 똑같다고! 다를 거 없다니까!"

"그건 아니죠. 여자들은 데이트를 할 때면 스마트하게 에스코트해주기를 바라고, 남자의 옷차림도 돈만 쓰면 되는 버블 시대가 끝나고 감각을 묻는 시대여서……."

"잠깐만. 지금 그거 경험에서 하는 말이야? 아니지? 잡지나 텔레비전에서 보고 들은 얘기지? 당신, 매스컴을 맹신하네. 내 주변에 그런 여자는 없어. 정말로 좋아하는 사람이라면 스마트하게 와인을 주문하지 않아도 된다고. 좋아하는 사람과 같이 있을 수 있다면 셀프서비스 카페든 덮밥집이든 상관없어. 그나저나 그 셔츠, 어디에서 샀어?"

"네? 이거 이상한가요? 안 어울리나요?"

"어디에서 샀는지 물었잖아."

"죄송해요, 신주쿠 이세탄 백화점이요."

"거기 자주 가?"

"아니요, 처음 가 봤어요."

"너무 기를 쓰면 오히려 실패하는 법이야."

"그럼 어떻게 하면 되는데요? 대체 어떤 곳에 가서 어떤 옷을 사요?"

"평소에 옷을 어디에서 사는데?"

"유니클로나 진즈메이트요."

"평소 입는 옷이면 돼. 그쪽이 평소에 어떤 옷을 입는지 나야 모르지만 멋있어 보이려다가 좀스러워 보이는 것보다는 훨씬 낫겠지. 그리고 사람은 누구나 평소 입는 대로 입어야 편하잖아?"

"네, 뭐…… 그야."

"그리고 극도로 긴장한 것 자체가 꼴불견이야."

"죄송합니다."

"아예 긴장을 안 하는 것도 재수 없지만. 여자는 긴장한 남자를 보기만 해도 전부 알아차린다고."

"어떤 점을요?"

"극도로 긴장한 모습을 보면 일단 여자에게 익숙하지 않다고 상상하겠지. 왜냐하면 여자에게 인기가 없으니까."

"아하."

"그런 남자를 상대하면 여자는 기분이 너무 비참해진다고."

"그건 무슨 뜻이에요?"

"진짜 둔하기는."

"죄송합니다."

"그러니까. 어떤 여자도 상대해주지 않는 남자를 왜 내가 받아줘야 하느냐 이거지. 하필이면 왜 내가 추첨에서 꽝을 뽑아야 하는데?"

"꽝? 어, 제가 꽝? 그런가요…….."

"알겠어? 그거, 여자한테는 그냥 굴욕일 뿐이라고. 그러니까 댁도 너무 긴장하지 마. 당당하게 굴라고. 그랬다가는 평생 결혼 못 할 거다."

"죄송합니다."

"죄송합니다, 죄송합니다, 쉽게 사과하지도 말고. 무슨 남자가 이렇게 한심해? 우리 엄마가 이런 말씀을 하셨어.

툭하면 사과하는 남자 중에 제대로 된 놈이 없다고."

"진짜 죄송합니다."

7월이 되었다.

오늘은 음대 동창생인 사토 에리카와 카페에서 만나기로 했다. 에리카는 맞선을 일찌감치 세 번 다 거절하고 테러박멸대에 들어갔다. 지인 중에 입대한 사람은 에리카뿐이었다. 부대 생활과 훈련이 어떤지 꼭 듣고 싶었다.

그나저나 그렇게 진상을 부리며 약을 올렸는데도 본부에서 미야사카 다쓰히코가 거절했다는 연락이 아직까지 없다. 이렇게 됐으니 테러박멸대에 들어갈 각오를 해둬야 한다.

하루하루 너무 불안했다.

에리카도 나나와 마찬가지로 피아노과 출신이다. 피아노라는 특기가 있으니까 혹시 일반 대원과는 다른 일을 하지는 않을까?

육해공 테러박멸대에 각각 음악대가 있다고 들어서 기대를 걸었다. 만약 에리카가 그쪽으로 배속되었다면 자신에게도 희망이 있다는 소리다.

피아노 이외에도 다룰 줄 아는 것이 많다. 중학생 때는 취주악부에서 오보에를 담당했고, 다른 악기도 어느 정도 연습하면 초보자보다 빨리 배울 것이다.

그런 기대를 품고 에리카에게 문자를 보냈다. 만나줄지 불안했는데 에리카는 금방 답을 보내주었다.

다음 주 초에 휴가야.
집에 돌아가는 귀중한 사흘이지만 카페에서 만나는 정도라면 괜찮아.

학창 시절에 미팅을 할 때마다 주목을 받았던 에리카니까 분명 잘 처신할 것이다. 남성들의 시선을 사로잡는 여자는 어디에 가든 자석처럼 남자의 도움을 끌어들인다. 자신도 지금까지 그런 인생을 살았으니 에리카라면 분명 그럴 것이다.

카페 입구로 한 여성이 들어왔다.

에리카의 윤곽과 비슷한데…… 아니, 아니네.

아니……라고 생각하고 싶었다.

저런 사람이 에리카일 리가 없어.

그 여자가 어깨높이에서 가볍게 손을 흔들었다. 귀여운 행동과 반대로 전혀 웃지 않았다.

"오랜만이야, 나나."

역시 에리카였다.

그가 맞은편에 앉았다.

건강해보인다, 에리카는 하나도 안 변했네⋯⋯라는 거짓 말일 게 뻔한 소리를 늘어놓을 자신이 없었다.

"살이 왜 이렇게 빠졌어?"

"내가 너무 쉽게 생각했어. 웬만한 체력과 정신력이 아니 면 버틸 수가 없어. 그리고 운동신경도 있어야 하고."

운동과는 담을 쌓은 에리카는 훈련을 따라가는 것만으로 도 힘에 부쳤다.

햇볕에 탄 피부가 거칠거칠했다. 눈은 움푹 팼고 주름이 자글자글했다. 나나의 동정 어린 시선을 거부하듯이 에리카 가 매섭게 쳐다보았다.

"보시다피 이 꼴이야. 혹독한 생활을 하니까 역시 서른 줄의 노화가 얼굴로 나오더라. 이십 대 때와 하나도 다르지 않다고 자만했는데 거울을 볼 때마다 화가 나. 그래도 화장 은 자유롭게 해도 돼. 물론 자외선차단제도. 그런데 그런 데 에 신경 쓸 여력이 없어. 매일 체력의 한계까지 몰리거든."

"음악대 쪽으로 돌려달라고 요청할 순 없어?"

그러자 에리카가 무슨 말도 안 되는 소리냐는 듯이 고개 를 절레절레 저었다.

"그 사람들은 음대를 최고 성적으로 졸업한 엘리트 집단이야. 음악대는 어지간한 오케스트라에 들어가는 것보다 어려워. 추첨맞선과 전혀 관계없이 따로 채용해. 몰랐니?"

유일한 희망의 빛이 사라졌다.

"그리고 그런 곳은 동성한테 인기가 없으면 매일매일 생활하는 게 고역이야."

에리카도 나나도 남성들과 있는 것이 편한 타입이다. 어디를 가든 남자들이 다 알아서 챙겨주니까 즐겁다. 게다가 남자들은 아무리 고집을 부리고 실수를 저질러도 너그럽게 봐주니까 정말 편하다.

동물의 감이라고 할까? 이 남성 중심 사회에서 여성의 호감을 사는 것보다 남성의 호감을 사는 편이 살기 쉽고 생존경쟁에서 살아남는다는 진리를 체득했다.

그러나 여성끼리 모인 집단이면 인간성 자체가 중요해진다. 미모는 전혀 도움이 되지 않는다.

특히 에리카는 '나는 너희 같은 못난이하고는 달라'라는 태도를 노골적으로 드러내는 성격이어서 고립됐을 것이다. 만약 나나도 입대한다면 에리카의 전철을 밟을 것이다.

"나나, 사생활이 없는 생활, 그거 경험한 적 있어?"

에리카가 무슨 말을 하려는지 금방 이해했다.

어려서부터 자기 방이 따로 있었기에 수학여행을 가면 좀처럼 잠에 들 수 없어 괴로웠다. 그 상태가 사흘쯤 이어지면 신경이 닳아서 끊어질 것 같았다.

"열 명이 같이 방을 써. 이층침대가 다섯 개. 입대하고 아직 한 달도 지나지 않았다니 믿을 수 없어. 아직 1년 11개월이나 남았다니……."

에리카가 땅이 꺼지게 한숨을 쉬었다.

에리카와 헤어지고 곧장 집으로 돌아왔다.

테러박멸대에는 절대 가고 싶지 않다. 가지 않으려면 결혼을 해야 한다.

방에 들어가 앉아 수첩을 펼쳤다.

결혼해도 좋은 남자를 우선순위대로 적었다.

1. 긴바야시 란보
2. 가와이 다카유키
3. 사사키 노부히로
4. 모토야마 유키
5. 이와키 쇼지

4와 5는 가능하면 피하고 싶다. 거짓말을 밥 먹듯이 하고 비겁한 구석도 있다.

하지만…… 미야사카 다쓰히코처럼 혐오스럽지 않은 것만은 확실하다.

어려운 선택에 몰렸다. 한심해서 눈물이 날 것 같다. 엄마와 상의하고 싶은데 오늘 엄마는 플라멩코 교실에 갔다.

순서대로 연락을 해보자. 수치스럽지만.

침대에 앉아 핸드폰을 열었다.

먼저 란보.

란보가 헤어지자고 말하면서 자기는 추첨맞선에 기대를 걸겠다고 했다.

오랜만이야.

나나야.

잘 지내?

나는 잘 지내.

추첨맞선은 어때?

잘 되고 있어?

나는 그냥 그래.

그냥 그렇다니, 무슨 의미인데?

보내지 않고 삭제했다.

자기가 쓴 문장이지만 꼴불견이었다. 사실은 지푸라기라도 잡고 싶은 심정이면서.

그때 지금까지 다닌 맞선회장의 풍경이 떠올랐다.

아무리 좋게 봐주려고 해도 맞선회장에 온 여성들 모두 인기가 있을 타입은 아니었다. 그렇다면 란보도 지금 진퇴양난이지 않을까?

란보만이 아니다. 다른 네 명도 아마 비슷할 것이다.

그렇다면 이쪽에서 연락하면 기뻐할 것이다.

더욱이 란보는 자기 쪽에서 헤어지자고 한 것이니 다시 연락하기는 껄끄러울 것이다. 어쩌면 이쪽이 연락해주기를 목 빼고 기다릴지도 모른다.

응, 분명 그럴 거야. 틀림없어

문자 내용을 바꿨다.

오랜만이야.

나나야.

요즘 나한테는 역시 란보뿐이라는 생각만 들어.

조금 갑작스럽지만 이번 주말에 만나지 않을래?

네가 좋아하는 애플파이를 구워서 가지고 갈게.

보내기 버튼을 눌렀다.

긴장됐다.

란보는 지금 어디에 있을까? 일본에 없을지도 모른다. 그렇다면 밤에나 답이 오겠지.

뭐든 따뜻한 것을 마시며 마음을 진정시키고 싶었다. 일어나서 부엌으로 가려는 순간, 핸드폰에서 익숙한 멜로디가 오랜만에 들렸다. 란보가 보내는 문자에만 울리는 전용 착신음이다.

긴장한 탓에 입이 바싹 말랐다. 마른침을 억지로 삼키고 핸드폰을 열었다.

오랜만이네.

잘 지내는 것 같아서 다행이다.

나는 얼마 전에 결혼하기로 했어.

추첨맞선에서 이상적인 결혼 상대를 만날 줄은 상상도 못했어.

나도 깜짝 놀랐어.

나나도 힘내!

건투를 빌게.

추신 : 데이트에 어머님이 구운 애플파이를 가지고 오는 거, 이제 그만해도 되지 않을까?

충격에 한동안 꼼짝하지 못했다.

그날 저녁, 플라멩코 교실에서 돌아온 엄마에게 질타와 격려를 받으며 2번인 가와이와 3번인 사사키에게도 전화를 걸었다. 그러나 둘 다 추첨맞선결혼법이 제정되자마자 당시 사귀던 애인과 결혼했다는 답이 왔다.

4번과 5번에게는 아직 전화를 걸지 않았다. 아무리 생각해도 이 둘과는 결혼하기 싫었다. 그렇다고 미야사카 다쓰히코도 싫고 테러박멸대에 가기도 싫다.

아빠도 엄마도 지인들을 물색해보았으나 괜찮은 남자는 몽땅 팔린 뒤였다.

머리가 돌아버릴 것 같았다.

제 3 장

교섭

7월 어느 일요일, 다쓰히코는 지난주에 이어 이번 주에도 아키하바라에 왔다.

　구지라이와 기타카제를 만나고 싶었다. 만나서 둘의 추첨 맞선 상황도 듣고 싶었다.

　연락처를 묻지 않은 것을 후회했다. 인간관계에서 어느 정도 거리를 두어야 하는지 스스로 잘 모른다고 생각들 해서인지 누구 하나 메일주소라도 교환하자는 말을 꺼내지 못했다. 셋 다 '나는 아무래도 분위기 파악을 잘 못해' '보통 사람들이 어떻게 생각하는지 난 아무래도 상식이 좀 부족한 거 같아' '누가 나를 좋아하겠어'라고 생각하는 경향이 있어서 그렇다. 조심하다 보니 오히려 일상적으로 하는 행동이 죄다 어색해진다. 그런 태도가 여성에게는 거동이 수상한 놈으로 비치고, 동성에게는 어영부영한 태도로 사람을 무시하는 재수 없는 놈이라고 오해를 받는다.

오늘은 만날 수 있을까?

가게가 보였다.

아, 오늘은 있다.

구지라이가 알아차리고 살짝 한 손을 들더니 가게 밖으로 나왔다.

"그때 이후로 어때?"

구지라이가 물었다.

여전히 앞머리가 눈의 절반을 가렸다. 맞선회장에도 이런 머리로 다니나?

곧 기타카제도 알아보고 달려왔다.

"오랜만이에요. 잘 지냈어요?"

"법이 시행된다고 기뻐하던 때가 내 인생의 절정기였던 것 같아."

시무룩한 표정으로 말하자 기타카제가 웃었다.

"오늘은 시인이네?"

구지라이도 재미있다는 듯이 말했다.

"세상을 등지고 시인이 되는 길만 남은 지경까지 왔어."

분위기를 타서 말을 잇자 "서로 근황 보고라도 할까요?" 하고 기타카제가 제안했다. 기다렸다는 듯이 구지라이가 고개를 끄덕였다.

빌딩 사이로 구름 한 점 없이 푸른 하늘이 보였다. 땀이 송골송골 맺히는 햇볕을 받으며 세 사람은 나란히 걸었다. 저번에 갔던 레스토랑에 들어가 셋 다 미트그라탱을 주문했다.

"나는 계속 거절만 당해. 이번 주가 벌써 네 번째 맞선이야."

구지라이가 자조 섞인 목소리로 말했다.

"저도 똑같이 거절당하는 중이요. 이번이 세 번째. 제가 지금까지 머릿속으로 그렸던 여성상과 전혀 다른 부류의 여자들만 본다니까요."

이어서 기타카제가 말했다.

"오, 어떤 부류?"

호기심을 느껴 적극적으로 물었다.

"평범하고 견실하고 가난하고, 정말 의외였어요."

"괜찮은데. 왠지 마음이 놓여."

구지라이가 부럽다는 듯이 중얼거렸다.

"그런데 저요, 엄청난 사실을 깨달았어요. 여자들 모두 패션이니 마카롱이니 디톡스 따위에만 관심이 있는 줄 알았거든요? 그리고 저는 그런 점을 경멸했는데……."

"그런데 예상과 달리 맞선 상대가 그런 타입이 아니란 소리지? 운이 좋네. 부러워."

한숨이 섞인 것으로 보아 구지라이의 맞선 상대는 순수하고 소박한 여성과는 거리가 먼 모양이다.

"아니, 그게 아니에요. 결국 제가 그런 순박한 여성보다 백치미나 풍기며 가볍게 나대는 여성을 좋아한다는 걸 비로소 깨달았어요."

경멸을 퍼부은 것은 사실 동경했기 때문이란 소리일까?

그런 사람이 자신을 상대해주지 않아서 원망했던 것일까?

생각해보니 애초에 흥미가 없다면 열변을 토하며 깔아뭉개지는 않을 것이다. 그 이전에 굳이 입에 담지도 않겠지.

"인간은 복잡하구나."

기타카제 같은 냉정한 분석력을 지닌 인텔리도 자기 자신에 대해서 잘 모르다니, 동질감이 느껴졌다.

"미야사카 씨는 어때요?"

"나는 이번이 여섯 번째."

그러자 둘 다 놀란 표정을 지었다.

"벌써 여섯 번째요?"

"아무리 그래도 여섯 번이라니 너무 많은데?"

"상대방이 속공으로 거절하거든. 그래서 맞선 사이클이 얼마나 빠른지 몰라."

재미있다는 듯이 웃어 보였지만 사실은 풀이 죽었다. 잘생기고 고학력자인 기타카제라면 몰라도 구지라이도 다음 주에 겨우 네 번째라고 하니까…….

"지금 맞선 상대는 어떤 사람이에요?"

"후유무라 나나라고 대단한 미인이야."

"미인? 무슨 헛소리야. 맞선회장에서 미인은 한 명도 못 봤어."

구지라이가 코웃음을 쳤다.

믿지 못하는 것도 무리는 아니다. 하지만 사실이니까 어쩔 수 없다. 남들은 부러워하겠지만 크나큰 착각이다. 기타카제의 상대처럼 평범하고 차분한 여자가 낫다. 가능성이 있을지도 모른다고 믿는 것만으로도 좋으니까. 좀 더 정확히 말하면 인기 없는 괴로움이 어떤 것인지 경험해본 여자가 좋다. 그런 여자가 아니면 절대로 나와 결혼해주지 않을 테니까.

하지만 생각해보면 세 번째 여성은…… 회색 바지 정장에 검은색 터틀넥을 입은 서른세 살의 하나무라 사나에 씨는 평범함이 그대로 인격화된 사람이었다. 그런데 다쓰히코는 기타카제와 마찬가지로 그에게서 매력을 느끼지 못했다. 그의 수수함이 왠지 억척스럽게 느껴져서 자신의 취향이 아니라고 판단했다.

아니, 아니다. 그 이전의 문제다. 이쪽에서 거절하려고 했는데 그쪽에서 거절했다. 취향이니 뭐니 건방진 소리를 할 처지가 아니다. 나는 선택권을 쥔 쪽이 아니다.

아아.

한숨이 나왔다.

"그 미인하고 맞선이 어제였구나?"

구지라이가 물었다.

"아니, 꽤 전에 봤어."

"어라? 속공으로 거절당한다고 지금 네가 말했잖아."

"평소에는 그랬어. 그런데 이번에는 웬일인지 아직 안 차였어."

"그럼 이번에는 기대를 걸어도 되겠네?"

"설마, 나 같은 건 아예 상대도 안 해주는데. 퍼플하고 되게 닮았어."

"퍼플? 웃기고 있네."

"퍼플……이요? 뭐, 그건 그렇다 치고 거절 전화가 안 왔다면서요? 그럼 미야사카 씨가 데이트 신청해주기를 기다리는 거 아니에요?"

"그러니까 그건 말도 안 된다니까."

스무 살 무렵이었다면 그런 말도 안 되는 오해를 했을 것이다. 그러나 이제는 우쭐할 기력도 없다. 자신이 매력 없는 남자라는 사실을 끔찍할 정도로 깨우친 과거가 켜켜이 쌓였기 때문이다.

"아니, 의외로 그럴 수도 있어. 시험 삼아 만나자고 해봐."

"데이트 얘기를 꺼내고 싶어도 애초에 전화번호 교환도 안 했어. 도저히 전화번호를 물어볼 분위기가 아니었고."

"전화번호도 안 가르쳐 줬다고요? 그리고 본부에서 거절하는 전화도 없다……는 거죠?"

"즉, 내팽개쳤다는 거네. 일단 널 무시하는 것만은 확실하다."

구지라이가 태연하게 말했다.

말하지 않아도 안다. 잘 아니까 타인의 입에서 그런 소리를 듣고 싶진 않다.

미트그라탱이 나왔다.

"그릇이 뜨거우니까 조심해서 들어요."

서빙해준 사람은 엄마와 연배가 비슷해 보이는 밝고 붙임성 좋은 아주머니였다.

갑자기 테이블 분위기가 부드러워졌다. 여성의 이런 능력은 정말 대단하다. 남자들은 이런 마법을 쓰지 못한다.

"네, 조심할게요."

기타카제는 지난번의 젊은 미인 점원을 대할 때와 달리 명랑하게 대답했다.

치즈가 용암처럼 보글보글 끓었다. 다른 두 사람도 고양이 혀인지 바로 먹으려고 들지 않았다. 각자 자신의 그라탱을 물끄러미 쳐다보았다.

"어라? 잠깐만요."

기타카제가 의심쩍은 시선을 보냈다.

"그 퍼플을 닮았다는 여자는 미야사카 씨가 몇 번째래요?"

"내가 두 번째래. 첫 번째는 남자 쪽에서 거절했다더라."

"대단한 미인이라면서?"

그러면서 구지라이가 히죽 웃었다. 미인이란 소리를 아예 믿지 않는 모양이었다.

"미야사카 씨, 그거 이상하지 않아요?"

"이상하다니?"

"4월에 추첨맞선이 시작했으니까 벌써 3개월이 지났어요. 그런데 아직 두 번째라고요? 그게 정말이라면 첫 번째 남자와 한동안 교제했다는 소리죠. 그리고 남자 쪽에서 찼고요. 엄청 예쁘다면서요. 이게 말이 돼요?"

"말이 되지. 성격이 장난 아니야. 나를 보고 기분 나쁘다느니, 비싼 옷이 안 어울린다느니 잔뜩 욕을 퍼붓고는 꽝이란 소리까지 했어."

"꽝이라고? 그게 무슨 소리예요?"

"그러니까……."

나나 씨와 맞선을 봤을 때의 상황을 둘에게 자세히 설명했다. 신기하게도 나나 씨가 한 말을 토씨 하나까지 기억했다. 스스로 생각해도 대단한 기억력이다.

"용서할 수 없어. 인기 없는 남자는 인간 취급도 안 하는 거잖아."

구지라이가 이를 갈았다.

"그러니까 그 여자는 멋없는 남자는 애초에 염두에 두지도 않는다는 소리를 한 거네요. 그렇다면 당장 거절하면 될 텐데……. 왜 질질 끄는 거지?"

기타카제가 턱을 괴고 생각에 잠겨 벽을 노려보았다. 역시 그는 잘생겼다. 도쿄대 출신이라는 선입견 때문인지 생각하는 모습도 지적이었다.

다음 순간, 그가 "아" 하고 짧게 외쳤다. 그리고 뭔가 생각났는지 혼자 열심히 고개를 끄덕였다.

"뭐야, 왜 그래?"

구지라이가 그라탱에서 고개를 들었다.

"그 여자, 자기가 거절할 마음은 없는 거예요."

기타카제가 단호하게 말했다.

자신만만한 표정이었다.

"거절할 마음이 없다고? 거절 안 하고 앞으로 어떻게 하려고?"

구지라이가 안달이 나서 캐물었다.

"대놓고 상대를 깔아뭉개는 소리를 한 것 자체가 이상하잖아요? 세상이 이렇게 흉흉한데 일부러 원한을 살 소리를 하는 멍청이가 어디 있어요? 거절할 때도 보통 어떻게 하면 상대방이 기분 나쁘지 않을까 고민해서 하겠죠. 가능하면 상대의 기억에 남지 않고 헤어지고 싶을 테니까."

"듣고 보니……."

복통을 호소하며 돌아간 첫 번째 여성은 현명했다. 아주 찰나의 만남이어서 이제는 얼굴도 기억나지 않는다. 그것이야말로 기타가제가 말하는 현명한 이별 방법이다.

그런데 나나 씨는 오히려 강렬한 인상을 남겼다. 아니, 인상 수준이 아니라 대화 내용까지 잊으려야 잊을 수가 없다.

"하지만 그건 미야사카를 경계하지 않아서 아닐까? 여자가 보기에 매력적인지 아닌지를 떠나서 나쁜 놈으로 보이진 않으니까."

이건 칭찬일까?

"분위기가 어떻든 남자를 경계하지 않는 여자는 없어요. 한 번 만났을 뿐인데 앞으로 스토커가 될 남자인지 아닌지 어떻게 판단하겠어요?"

"그럼 왜 굳이 미야사카에게 그런 소리까지 한 거지?"

"일부러 얄밉고 못되게 굴어서 미야사카 씨가 거절하게끔 유도하려고 한 거죠."

"일부러? 그건 또 왜?"

구지라이가 더 안달이 났는지 물었다.

"앗."

혹시 나나 씨는 거짓말을 했나?

"맞선은 댁이 두 번째야. 첫 번째는 남자 쪽에서 거절했어."

나나 씨, 당신은 지금 궁지에 몰린 상태군요?

나를 거절하면 테러박멸대에 가야 하나요?

"미야사카 씨, 드디어 깨달았군요? 그 여자는 이미 남자를 두 번 거절했을 거예요. 미야사카 씨가 세 번째죠. 분명해요."

"진짜?"

구지라이가 큰 소리를 내는 바람에 옆 테이블의 두껍게 화장을 한 여고생 무리가 짜증 섞인 눈빛으로 이쪽을 노려보았다.

"미야사카 씨, 그 여자를 어떻게 요리해줄 거예요?"

기타카제가 오싹할 정도로 험악한 눈빛을 하고 물었다.

"요리라니 딱히……."

"그 여자를 철저하게 괴롭혀야죠."

기타카제가 말하자 즉시 "찬성" 하고 구지라이가 나섰다.

"미야사카 씨, 이번 기회에 인기 꽝 남자의 울분을 풀어야죠. 그 여자를 벼랑 끝으로 더 몰아붙여요. 미야사카 씨 아니면 테러박멸대, 궁극의 양자택일을 강요하는 거예요."

기타카제가 말한 궁극의 양자택일이라는 단어가 가슴에 쿡 박혔다.

"그야 나 같은 놈이랑 결혼하느니 죽는 게 낫다고 생각할 테니……. 테러박멸대에 갈 게 뻔해."

갑자기 서글퍼졌다.

주체할 수 없이 슬펐다.

너 따위는 살아 있을 가치조차 없다는 말처럼 들렸다. 앞으로 몇십 년은 더 지금처럼 괴로운 순간을 수없이 반복하며 살아간다고 생각하니 차라리 죽어버리고 싶었다.

"이거 재미있겠는데요? 무슨 일이 있어도 절대 미야사카 씨가 먼저 거절하면 안 돼요."

기타카제의 얼굴에 생기가 넘쳤다.

"재미라니, 난 하나도 재미없어. 궁지에 몰린 사람을 밀어붙이는 그런 짓은 불쌍해서 못해."

"미야사카 씨, 왜 이리 사람이 착해요?"

"그래, 너는 인간 이하의 취급을 당했잖아. 이건 너만의 문제가 아니야. 인기 없는 세상 모든 남자들의 문제라고."

구지라이까지 흥분했다.

"하지만 실제로 그렇게 한다고 해도 뭘 어떻게 하라고?"

"적극적으로 팍팍 공격하는 거예요. 일요일마다 데이트하자고 해요."

"그런 거…… 나는 못 해."

"괜찮아요. 어차피 그쪽은 이제 거절하지 못하니까."

"맞아, 괜찮아."

"어쨌든 데이트하자고 하라고요."

"그러니까 전화번호를 모른다니까?"

"본부에 연락해서 물어보면 되잖아요? 상대편에서 거절 연락도 안 했고 이쪽은 사귀고 싶다고 하면 가르쳐줄 거예요. 그 녀석들, 한 쌍이라도 많이 결혼시키려고 혈안이 됐으니까. 듣자 하니 담당자별로 할당치가 있대요."

"쇠뿔도 단김에 빼렸다고. 빨리 전화해봐."

둘이 보는 앞에서 전화를 하는 처지가 되었다.

어쩔 수 없이 본부에 전화를 걸었다. 기타카제가 시킨 대로 설명을 하자 담당자는 흔쾌히 나나 씨의 전화번호를 알려주었다. 담당자가 일러주는 번호를 하나하나 따라 부르면 기타가제가 컵받침종이 뒤에 재빠르게 받아 적었다.

여기까지 했는데 나나 씨에게 전화를 걸 용기가 없다는 소리를 차마 할 분위기가 아니었다.

"여보세요. 안녕하세요. 미야사카 다쓰히코입니다만."

"어라? 내 전화번호 어떻게 알았어?"

"본부에 물어봤어요."

"그게 뭐야? 개인정보 유출이잖아. 아아, 열 받아. 본부는 역시 믿을 수가 없어. 그래서 무슨 용건인데?"

"다음에 언제 만날 수 있죠?"

나나 씨는 대답이 없었다.

시야 한쪽에 구지라이와 기타카제가 빤히 내 입가를 쳐다 보는 것이 보였다.

"……괜찮다면 영화라도 보러 가지 않을래요?"

"영화는 싫어."

"그래요……."

기타카제가 "힘내요" 하고 작게 중얼거렸다.

"뭐야? 거절했어? 그럼 밥 먹자고 해, 밥."

구지라이가 흥분할 대로 흥분해서 명령하듯 말했다.

"식사는 어때요?"

"영화보다는 낫네."

"그럼 식사하러 가죠. 언제 시간 괜찮으세요?"

"그러게, 12월쯤 어때?"

"네? 12월? 12월이라니…… 지금 아직 7월인데요?"

그때 맞은편에 앉은 기타카제가 주먹으로 테이블을 내리 쳤다.

"설마 다음 데이트를 12월에 하자고 했어요? 뭐 하자는 거야, 그 여자. 미야사카 씨를 완전히 호구로 보고 있잖아 요. 아 진짜 열 받아."

기타카제의 마음도 이해하지만 나나 씨도 곤혹스러울 것 이다.

"운이 좋아서 예쁘게 태어났을 뿐인데…… 뭐가 그렇게 대단해?"

구지라이가 혼잣말처럼 나직하게 중얼거렸다.

"예쁘다고 남을 이렇게까지 무시해도 되는 거냐고."

구지라이의 목소리는 암담했다. 나나 씨의 태도가 그와 아무 상관없는 구지라이에게도 상처를 주었다.

"여보세요? 그럼 12월에 괜찮지?"

전화기 너머로 들려오는 목소리에서 귀찮아하는 기색이 역력했다.

갑자기 분노가 치밀었다. 구지라이의 말이 맞다.

인기 좀 있다고 그렇게 대단한가?

어쩌다 보니 미인으로 태어난 것뿐인데 그게 대단한 공적이라도 되는 양 착각하고.

경박한 여자다.

한마디로 그냥 멍청한 여자 아닌가.

"12월은 곤란해요. 그렇게 나오시면 본부에 연락할 건데 괜찮겠어요?"

말해놓고 깜짝 놀랐다. 상대가 누구든 이렇게 윽박지르듯이 말한 적은 이제껏 없었다.

"잠깐 있어 봐. 당연히 농담이지. 다음 주쯤 어떨까? 저번에 차 마신 호텔 기억해? 거기 꼭대기에 있는 프랑스 레스토랑이 좋아."

"프랑스 요리요……? 저번에 간 호텔이라면 도청 근처의 거기요?"

구지라이가 안 된다고 얼굴 앞에서 손을 좌우로 흔들었다.

"커피 한 잔에 1,800엔이나 했던 곳인데 프랑스 요리라면 대체 얼마나 비싸겠어."

"미야사카 씨를 손가락으로 갖고 노는 거예요. 아주 우습게 알고 무시하는 거라고. 그 여자 말 들어주지 말아요."

"여보세요? 옆에 누가 있어?"

"나나 씨, 전에 간 호텔은 저한테는 너무 수준이 높아요. 멋있어 보이려다가 실패하니까 평소 입는 옷을 입으라고 충고했죠. 그러니까 제가 자주 가는 신바시 육교 밑의 술집으로 하죠. 닭고기 튀김이 최고예요."

여자를 상대로 말을 이렇게 또박또박한 것은 처음이었다. 물론 전화여서 할 수 있는지도 모른다.

"그런 곳은 싫어."

"싫다고 하셔도……."

만약 지금 구지라이와 기타카제가 귀를 쫑긋 세우고 있지 않다면 곧바로 "죄송합니다" 하고 사과했을 것이다. 하지만 두 사람 앞에서는 자꾸 허세를 부리게 된다.

술집이 싫으면 역시 레스토랑인가. 하지만 고급스러운 프랑스 레스토랑에서 자기가 얼마나 비참해할지 상상이 가고도 남고, 애초에 그런 곳에 돈을 쓰느니 차라리 컴퓨터 주변기기를 사고 싶다.

이럴 때는 어떻게 해야 좋지?

마음이 다급해지면서 머릿속까지 새하얘졌다.

다음 순간, 도움을 청하듯이 기타카제 쪽을 힐끔 쳐다보았다.

기타카제가 날카로운 눈으로 이쪽을 보며 "싫으면 본부에 전화해서 교제 자체를 거절해주세요"라고 말해서 그 말을 그대로 옮겼다.

"아니, 그건…… 그건 아니야. 육교 밑에 있는 술집이면 시끄러워서 대화도 제대로 못할 것 같아서 그런 거야. 저기, 당신을 거절할 생각은 없어. 왜냐하면 성격도 아직 잘 모르고……."

그때 확신했다.

내가 세 번째구나.

이제 거절하지 못하는구나.

집에 돌아오니 거실에서 엄마의 목소리가 들렸다.

전화를 하시는 것 같다. 엄마는 수다 떠는 것을 좋아해서 늘 통화가 길어진다. 아직 다쓰히코가 집에 돌아온 걸 눈치 못 챈 거 같아서 방해하지 않으려고 인기척을 내지 않고 2층으로 올라가려고 했다.

"좋아하는 사람과 첫 키스를 했을 때의 그 벅찬 느낌 말이야!"

엄마의 말에 놀라 계단 중간에서 걸음이 우뚝 멈춰졌다.

대체 무슨 소리를 하는 거지? 누구와 통화를 하는 거고?

"처음 손을 잡았을 때도 그렇고. 모처럼 이 세상에 태어났는데 그런 설레는 마음도 모르고 나이를 먹잖아. 너무 딱해. 셋짱도 그렇게 생각하지?"

셋짱이란 엄마의 사촌 언니다. 그분에게도 아들이 있다.

"꼭 결혼이 아니더라도 우리 애가 그런 연애 감정을 경험을 했으면 좋겠어. 그나저나 언니네 고우는 귀엽게 생겼으니까 인기가 많겠지? 어? 아아, 그래……. 마지막으로 본 게 초등학생 때였으니까……. 우리 다쓰히코? 그야 엄마인 내가 보기에는 착한 애지……."

여자에게 미움을 받는 아들을 둔 엄마들끼리 위로라도 하나 보다.

"여자한테 호감을 사려면 어떻게 해야 좋을까? 정말 모르 겠어…… 응, 기운을 내야지. 괜찮아. 고마워. 앞으로도 이 렇게 이야기하면서 정보도 주고받자. 나도 도울 게 있으면 뭐든지 할 테니까."

슬슬 통화가 끝나려나 보다. 소리를 내지 않고 계단을 올 라갔다.

란보는 그야말로 백마 탄 왕자님이었다.

병원에서 빌려준 아파트에서 스즈카케 요시미는 홀로 느 긋하게 모닝커피를 마시고 있었다. 동쪽으로 난 창 너머로 아침노을에 붉게 물드는 하늘이 보였다.

조금 전에 병원에서 돌아와 샤워를 마쳤다. 동료 간호사 의 아이가 열이 심한 탓에 이틀간 야근을 바꿔주었다. 꼬박 밤을 새웠으니 지금 당장 자야 하는데, 밤낮이 완전히 뒤바 뀐 탓에 아직 잠이 오지 않았다. 게다가 오늘 저녁에 란보와 데이트를 한다고 생각하니 행복했고, 열심히 일을 했다는 보람까지 더해져 아침 햇살을 받으면서 조금 더 커피 향을 즐기고 싶었다.

요시미 자신이 운이 좋다고 생각한 건 이번이 태어나 처음이다. 란보는 다정하고 똑똑하고 무엇보다 상큼한 미소가 좋았다. 거기에 모든 행동이 자연스럽고 멋있는 이상적인 남성이다.

나 완전히 들떴네.

혼자 피식 쓰게 웃었다.

그와의 데이트는 오늘로 일곱 번째다. 나 같은 게 어디가 좋은지 여전히 모르겠는데, 그가 얼마나 열심인지는 느껴졌다. 착각만은 아닐 텐데…… 아니, 역시 자만심에서 온 착각인가?

그가 보낸 문자를 보면, 오늘 저녁은 태국 요리를 먹으러 갈 예정이라고 했다. 처음 먹어보는 음식이라 기대되었다.

들뜬 기분으로 비워진 커피잔을 닦았다.

오늘은 자기 차로 데리러 오겠다고 했다. 지난번처럼 란보 옆자리에 앉아 밤의 도심을 드라이브할 수 있다니 가슴이 뛰었다. 단둘이 차를 타는 것도 기쁜데, 차로 도심을 달리면 전철로는 보지 못한 도시의 생생한 숨결을 느낄 수 있어서 더 좋았다.

지금부터 잠을 조금 자고 일어나서…… 란보가 도착하기 전까지 화장을 하고 그사이 세탁기에 빨래를 돌리면 좋겠다. 그럼…… 시간을 역으로 계산해서 알람시계를 맞췄다.

행복함에 흥분이 좀처럼 가라앉지 않았지만 그래도 피곤했던지 이불에 눕자마자 잠이 들었다.

현관 초인종이 울린다…….

핸드폰도 벨이 울린다…….

누구지?

고개만 들어 침대 옆에 둔 시계를 보았다.

"어? 뭐야?"

늦었다. 란보와 약속한 시간에서 오 분이나 이미 지났다. 자기도 모르게 알람시계를 껐나 보다. 대체 무슨 짓을 저지른 거지.

또 초인종이 울렸다.

튕기듯이 일어나 현관문 도어경으로 문밖을 보니 란보가 서 있었다. 허둥지둥 신발장 위의 거울을 보았다. 화장도 안 했고 머리도 엉망진창이지만 더 기다리게 할 수 없다. 대충 손으로 머리를 쓸어 넘기며 문을 열었다.

순간 당황했는지 그가 멍한 표정으로 바라보았다. 그리고 트레이닝복을 걸친 요시미를 위에서부터 아래까지 쭉 살폈다.

"미안해, 자고 있었어."

그렇게 말하자마자 그가 웃음을 터뜨렸다.

화를 내지 않고 웃어주는 사람이어서 정말 다행이었다. 포용력 있는 사람이어서 안심이 된다. 언제 화를 내고 폭력을 쓸지 몰랐던 아버지와는 하늘과 땅처럼 다르다.

"아직 준비를 못해서⋯⋯. 들어와서 조금만 기다려줘. 차라도 타줄게."

구석구석 청소하진 못했지만 집은 늘 깨끗하게 정리해둔다. 애초에 가진 것이 적다.

"오, 생각보다 넓다."

란보가 의외라며 말했다.

요시미가 일하는 종합병원은 어느 병원이나 다 그렇듯이 의사와 간호사가 부족해서 인재 확보를 위해 기숙사 대신 넓은 아파트를 제공해준다. 그 덕분에 혼자 살기에는 감지덕지한 넓은 1LDK(LDK는 거실, 식당, 부엌을 이르는 부동산 용어. 1LDK라면 방 하나와 거실, 식당, 부엌이 연결된 구조다—옮긴이)에 살고 있다. 약 7.5평쯤 되는 거실은 살림살이를 아직 제대로 들여놓지 않아서인지 요가 교습소처럼 휑하다.

"아, 저쪽은 보지 마."

3평짜리 다다미방으로 통하는 미닫이문이 활짝 열려 있었다. 조금 전까지 자고 있어서 방 한가운데에 개지 않은 이

불이 널려 있었다.

"여기 앉아 있어."

소파를 아직 사지 않아서 부엌의 식탁 의자를 권하고 서둘러 차를 탔다.

"텔레비전이라도 보고 있을래?"

리모컨을 건네고 서둘러 몸단장을 했다.

그러나 결국 그날은 태국 요리를 먹으러 가지 않았다. 그 대신에 란보가 일본식 양배추말이를 만들어주겠다고 해서 둘이서 동네 슈퍼에 장을 보러 갔다.

란보가 카트를 끌고 요시미는 옆에서 나란히 걸었다. 채소 매장 옆에 있는 거울에 둘의 모습이 비쳤다. 다른 사람이 보기에는 부부 같을까? 그렇게 생각하니 기쁘면서 부끄러웠다.

슈퍼에서 돌아오는 길, 그가 장바구니를 들어주었다. 별 것 아닌데도 행복해졌다.

란보의 일본식 양배추말이는 간장으로만 맛을 냈다. 그런데 국물을 맛보니 양배추와 양파의 단맛과 고깃국물의 감칠맛이 섞여 진하고 맛있었다.

양배추말이를 약한 불로 자박자박하게 끓이는 동안, 란보가 갈릭토스트를 만들겠다며 프라이팬에 올리브오일과 마늘을 넣었다. 란보의 말에 따르면, 갈릭토스트는 밑반찬과 먹어도 잘 어울린다. 그의 곁에 서서 나란히 프라이팬을 들여다보았다. 팔이 스치자 가슴이 뛰었다. 마치 사춘기 중학생이 된 것 같은 착각에 실소가 저절로 터져 나왔다.

지글지글 소리와 함께 프라이팬에서 향긋한 향이 나기 시작했다. 란보가 불을 끄고 바게트 단면을 갈릭오일에 폭 적셨다. 이어서 버터로 코팅했는데, 요시미도 옆에서 보면서 도왔다. 그는 버터가 다 발라진 빵부터 미리 달군 오븐토스터에 차례차례 넣었다.

"솜씨 좋다."

"우리 집은 어머니가 항상 바쁘셔서 집안일을 분담해 각자 알아서 했거든."

긴바야시 세쓰코는 기모노 복식 교실 등의 TV 프로그램에 강사로 출연하는데, 꾸밈 없으면서 멋스럽고 부드러우면서도 강인한 이미지가 공존하는 멋진 여성이다.

잠시 후, 그가 오븐토스터의 문을 열었다. 뜨거운 열기가 후끈 느껴지고 구수한 향이 부엌을 채웠다. 노릇노릇 잘 구워졌다.

"좋아해."

"나도. 사실 도쿄에 와서 처음 먹어봤지만."

빵을 하나씩 접시로 옮기던 그의 손이 갑자기 멈췄다.

"아니, 그게 아니라…… 갈릭토스트가 아니라…… 너 말이야."

이쪽을 보지 않고 말했다.

요시미는 자기도 모르게 숨을 멈췄다.

나도…… 좋아해.

파도치듯이 심장이 뛰어서 말이 나오지 않았다.

그가 뜨거운 빵을 맨손으로 꺼내는 것을 바라보았다. 손끝으로 튕기듯이 빵을 접시 위로 미끄러뜨렸다. 파란 혈관이 도드라져 보이는, 손재주가 많은 손이었다.

"잘 구워졌다."

란보가 웃으며 바라보았으나 너무 긴장해서 시선을 피했다.

"요시미, 와인 마셔?"

빵에 바질을 뿌리는 그의 손놀림을 바라보았다.

"응, 조금이라면. 하지만……."

목소리가 갈라졌다.

"하지만 뭐? 괜찮아. 나는 알코올의존증이 아니니까."

"그건 알지. 그게 아니라 차를 가지고 왔잖아?"

란보가 대답하지 않았다.

아파트의 대각선 맞은편 주차장에 그가 타고 온 차가 있을 것이다.

"안 돼. 음주운전은 절대로."

란보는 말없이 빵에 돌소금을 솔솔 뿌렸다.

"오늘은 자고 갈 거야. 그러면 마셔도 괜찮지?"

요시미 쪽을 보지 않고 이번에는 굵은 후추를 뿌렸다.

자고 간다고? 그 말은 즉…….

차마 대답하지 못했다.

"다 됐어."

그가 말하며 요시미를 마주 보고 끌어안았다.

그날 이후로 란보는 요시미의 집에서 자주 자고 갔다. 이미 칫솔과 머그컵까지 갖다 두었다.

요시미의 고민은 일주일에 두 번은 꼭 걸려오는 엄마의 전화였다. 엄마의 전화는 늘 길다. 동네 소문에서부터 시작해 죽은 아버지에 대한 원망까지 이어지는 이야기는 한도 끝도 없다.

"사실은 매일 전화하고 싶은데 너도 바쁘고 하니, 이래 보여도 내가 꽤 네 눈치를 보는 거란다."

엄마는 요시미의 스케줄을 빠삭히 알고 있었다.

도쿄의 병원에 막 취직했을 때, 월간 근무표를 팩스로 보내 달라고 해서 어쩔 수 없이 보낸 것이 큰 실수였다.

그 이후로 매달 근무표를 보내는 습관이 들고 말았다. 스케줄을 알아야 요시미가 야근하고 지친 날만큼은 전화를 걸지 않을 수 있다는 것이 엄마의 이유다. 그러나 요시미 입장에서는 간신히 도망쳐왔는데 시종일관 감시를 받는 기분이었다.

무료한 엄마와 달리 바쁜 요시미에게 일주일에 두 번의 전화는 너무 잦았다. 일하는 곳이 구급지정 병원이어서 격무로 심신이 지치기도 했고, 란보가 방에 와 있을 때는 정말 귀찮았다. 애인이 집에 와 있으니까 다음에 전화하자는 소리는 도저히 못하겠다.

"매번 그렇게 긴 전화를 잘도 받아드린다. 다정하다고 해야 할지……."

드디어 엄마의 수다에서 해방되어 수화기를 내려놓자, 옆방에서 란보의 목소리가 들렸다.

"또 돌아가신 아버지 욕이나 늘어놓았어. 지긋지긋해."

그렇게 대답하며 방으로 들어가자 그는 이불 속에서 책을 읽는 중이었다.

이불을 들치고 옆으로 파고들었다.

"그럼 지금 무지 피곤하다거나 바쁘다고 하고 끊으면 될 텐데."

"어떻게 그래."

"왜? 그 정도는 말해도 되지 않아?"

란보는 똑바로 누워 눈을 감았다.

"부모 형제라도 서로 부담을 주지 않는지 생각하는 습관을 들이는 게 좋아. 계속 오래 봐야 하는 사이니까."

"그걸 엄마한테 어떻게 알려드리지?"

"부담스럽다고 확실히 말하는 것부터 시작해야지."

"하지만 불쌍하잖아. 친구도 없고, 항상 저렇게 적적하다고 하시는데."

"어머님께 친구가 없는 건 요시미 탓이 아니야."

천장을 가만히 바라보았다.

"어머님이 쓸쓸하신 것도 요시미 탓이 아니고."

"그건 그런데."

말로는 당연히 안다고 대꾸했지만, 속으로는 뭔가 얻어맞은 것처럼 마음이 뜨끔했다.

생각해보니 지금까지 모든 것이 다 자기책임이라고 생각하며 살아왔다. 나만 없었다면 일찌감치 아버지랑 헤어지고 새로운 인생을 사셨을 텐데……. 그러니까 나라는 존재 자체가 엄마의 발목을 잡는 민폐 같았다. 엄마의 불행을 자기 탓이라고 생각한 것은 아마도 초등학생 때부터일 것이다

"거리를 두는 게 좋아. 나이 먹을 만큼 먹은 어른이니까."

란보는 예전에 엄마와 찰떡처럼 붙어 있는 여자와 사귄 적이 있었다고 한다. 엄마에게 의존하는 여자임을 깨달은 순간 그에게서 어떤 지성의 흔적조차 느낄 수 없었고, 그때까지 느꼈던 매력 또한 순식간에 사라졌다고 한다.

"네 말이 맞아. 나도 이제 서른이 넘었는데 슬슬 어른이 되어야지."

"아니야, 요시미는 아주 어른스러워. 어른이 아닌 건 어머님이야."

엄마가?

그때 문득 어려서 보았던 이웃집 할머니의 모습이 머릿속에 떠올랐다. 언제 봐도 우울한 표정이라 마귀할멈 같아서 그 집 앞을 지날 때면 늘 종종걸음을 쳤다. 그런데 그 할머니는 남편이 죽은 뒤 확 달라졌다. 색이 밝은 립스틱을 바르고 예쁜 파란색 카디건을 입더니 갑자기 수십 살이나 젊어졌다. 마귀할멈에서 평범한 할머니가 되었다. 아니, 자세히 봤더니 할머니도 아니었다. 중년의 예쁜 여성이었다.

아버지가 돌아가신 후, 엄마는 왜 그 아주머니처럼 달라

지지 못했을까?

엄마가 좀 더 편하게 살기를 바랐다. 자기만의 취미를 발견하거나 친구를 사귀면서.

"나는 외톨이야."

"얼마나 쓸쓸한지 모른다."

"오늘 내내 말 한마디 나누질 못했어."

엄마와 전화 통화를 할 때마다 매번 이런 소리를 들어야 하는 사람의 심정도 헤아려줬으면 좋겠다.

어렸을 때부터 요시미는 엄마가 조금이라도 걱정할 만한 일을 하지 않으려고 노력했다. 기숙사 생활을 하던 대학생 때는 감기로 열이 났을 때도, 외로웠을 때도 엄마가 전화를 걸면 늘 건강하게 잘 지내는 것처럼 대답했다.

언제나 엄마를 도우려고 했다. 어른이 아닌 것이 내가 아니라 엄마라면, 이미 충분히 효도를 한 것 아닐까?

이쯤 했으면 엄마에게서 해방되어 자유롭게 살고 싶었다.

∞

약속 장소를 역 앞이 아니라 카페로 하길 잘했다. 나나 씨는 30분이나 늦게 나타났다.

바람을 가르며 카페 문을 열고 걸어 들어오는 나나 씨는 마치 연예인 같았다. 장난감 소품처럼 자그마한 가방 하나를 들고 있었다. 들고 다니는 짐이 적어서 오히려 더 멋있어 보였다.

한 손을 들자 나나 씨가 금방 다쓰히코를 발견하고 다가왔다. 윤기 흐르는 머리카락이 나부껴 당당해 보였다.

"늦어서 미안해."

사과하면서 맞은편에 앉았다. 말과는 달리 표정은 전혀 미안해하는 것 같지 않았다. 오히려 내 얼굴에 구멍을 뚫을 기세로 쳐다보았다.

나나 씨의 불평이 들리는 것 같았다.

'내가 왜 너 같은 놈이랑 데이트를 해야 해?'

'민폐도 정도껏 끼쳐야지. 진짜 미치겠네.'

물방울무늬 블라우스 너머로 속옷이 살짝 비쳐서 눈 둘 곳이 없었다. 무릎까지 오는 스커트 아래로 쭉 뻗은 다리가 모델처럼 가늘고 예뻤다.

전화로는 육교 밑 술집이라고 했지만 나중에 생각을 고쳐 예전에 부장이 딱 한 번 데리고 가준, 술집치고는 세련된 산장풍 가게를 예약해두었다. 육교 밑의 기름기 찌든 가게로 가기에는 나나 씨가 너무 불쌍했다. 산장 분위기가 나는 가게라면 나나 씨처럼 아름다운 여성이 있어도 위화감이 없다. 그리고 그 정도 가게라면 다쓰히코도 크게 무리하지 않아도 된다.

"슬슬 갈까요? 분위기 좋은 가게예요."

그렇게 말하며 일어나려는데 나나 씨가 말했다.

"나 여기도 괜찮은데."

"여기도 괜찮다니요?"

"그러니까 여기에서 커피만 마셔도 된다고."

"그건……. 하지만 예약을 해뒀어요."

"예약?"

귀찮아 죽겠다는 듯이 나나 씨는 잔뜩 인상을 찌푸렸다.

뭘 어떻게 해야 할지 모르겠다.

이 자리에서 도망치고 싶었다.

돌아가고 싶었다.

"그 가게, 여기에서 가까워?"

떨떠름하게 물으며 나나 씨가 일어났다.

술집으로 들어가자 칸막이 없는 넓은 공간이 나타났다. 한가운데에 있는 타원형의 커다란 테이블 자리에 서른 명쯤이 빙 둘러앉아 있었다. 정장을 입은 회사원이나 커플이 절반쯤 메우고 있었다. 그 테이블을 둘러싸듯이 벽 쪽에 박스석이 여러 개 있었다.

둘은 박스석으로 안내를 받았다.

"여기는 떡 피자가 맛있어요."

"떡 피자?"

나나 씨가 코웃음을 쳤다.

좋아하는 남자 앞이라면 "어머, 좋아좋아. 나 떡도 좋아하고 치즈도 좋아해"라고 말하며 사랑스럽게 가슴 앞에서 손뼉을 치지 않았을까.

상상하니 또 비참해졌다.

그래서 혹시 몰라 물어보았다.

"혹시 치즈 싫어하세요?"

"치즈는 좋아해."

"그럼 떡을 싫어하세요?"

"떡도 일단은, 그게…… 엄청나게 좋아해."

즉 너랑은 같이 먹고 싶지 않다는 말인가?

아무리 호화로운 요리라도 너랑 같이 있으면 맛이 없다는 소리냐고?

지지 말자, 다쓰히코.

오늘은 평소 출근할 때 입는 청바지를 입었다. 맞선을 본 날 나나 씨에게 들은 주의사항을 충실하게 지켰다. 멋있어

보이려고 하지 말고 그냥 편하게 할 것.

곧바로 구지라이와 기타카제가 가게로 들어왔다. 나나 씨가 퍼플과 닮았다고 아무리 말해도 둘 다 믿으려고 하지 않아서 그럼 가게로 와서 살짝 확인해보라고 말해버렸기 때문이다.

눈이 마주치자 둘 다 살짝 고개를 끄덕이고 옆을 지나 가게를 한 바퀴 빙그르르 돌더니 타원형의 거대한 테이블 건너편의 박스석에 앉았다. 이쪽을 배려하는지 멀리 떨어진 자리다.

나나 씨는 우롱하이를 몇 잔이나 마셨다. 속도가 너무 빨랐다. 요리도 자기가 척척 주문해서 닥치는 대로 먹었다.

"꼭 모든 걸 포기한 사람 같네요."

"아니거든? 왜 말을 그렇게 해?"

또 싸움을 건다.

"나나 씨는 어떤 남자가 좋아요?"

"머리 좋고 잘생기고 다정하고 키 크고 돈도 많은 남자."

"딱 저네요?"

예상대로 농담이 전혀 통하지 않았다.

나나 씨는 눈 하나 깜박하지 않고 샐러드를 자기 접시에 덜었다.

대화는 자꾸 끊겼지만 점점 기분이 좋아졌다. 술기운이 돌면 늘 이렇다.

"결혼해도 계속 일하실 거죠?"

"왜 그렇게 생각해?"

"나나 씨는 그런 분위기여서요."

"멋대로 넘겨짚지 마. 내가 커리어우먼으로 보여?"

"그게 아니라 집에서 집안일과 육아에 열중하는 나나 씨는 상상이 안 될 뿐이에요."

"아줌마가 되느니 죽는 게 낫지. 하지만 결혼하면 일은 그만둘 거야. 전에 말했듯이 집안일은 전혀 못하지만."

"그럼 결혼한 후에 차근차근 공부해야겠네요."

"설마. 우리 집 근처에 살면서 엄마한테 도와달라고 할 거야. 옛날부터 수프가 식지 않는 거리가 이상적이라는 소리가 있잖아?"

"저는 수프보다 된장국을 좋아하는데."

나나 씨는 대꾸하지 않고 또 음료를 주문하려고 메뉴를 펼쳤다. 벌써 잔이 비어 있었다. 대체 몇 잔이나 마신 거지? 술이 꽤 센가 보다. 얼굴에 티도 안 나고 태도도 전혀 달라지지 않았다.

즉, 계속 인상이 나쁘다.

"결혼 후에도 부모님 집 근처에 산다고 하니까 부모를 등쳐먹는 것처럼 보여? 하지만 아니야. 우리 엄마는 나를 돌보는 게 엄마 인생의 낙이자 보람이거든. 그러니까 엄마한테 이런저런 도움을 받아야 효도라는 소리야. 하지만 엄마의 관심이 나한테 쏠리는 건 아빠랑 사이가 안 좋기 때문이고."

"그렇군요. 요즘 유행하는 사이좋은 모녀군요."

"사이가 좋아서 댁한테 뭐 폐라도 돼?"

"그런 소리가 아니에요. 그냥 나나 씨의 이야기를 들으면 어머님도 딸도 어엿한 성인으로서 한 사람 몫을 못하는 것 같고, 서로 의존하는 것 같아서요."

스스로 생각해도 취기가 제법 올랐다. 주량이 그리 세지 않아 술이 조금만 들어가도 긴장이 풀려서 생각나는 대로 말이 거침없이 나온다.

뭐 어때. 어차피 차일 텐데. 나나 씨와 만나는 것도 아마 오늘이 마지막이겠지.

"맞아. 우리 모녀는 진짜 속수무책이야. 그러니까 나 같은 여자랑 결혼하는 남자는 불행해지겠지."

"불행해진다고요?"

되묻자 나나 씨가 고개를 크게 끄덕였다.

놀라서 나나 씨를 바라보았다.

나나 씨는 정말로, 진짜로 하나도 취하지 않았다. 처음 계획을 세운 대로 밉살스러운 여자를 연기하고 있다. 결혼에 적합하지 않은 여자를 연기하는 중이다. 맞선 거절 횟수를 쓰지 않고 상대편에서 거절하도록 끌어가고 있다.

"결혼하더라도 역시 쇼핑이랑 해외여행은 절대 포기할 수 없어. 그러니까 부자 남자가 아니면 결혼은 무리야. 평범한 회사원은 내 결혼 상대로는 실격이지."

나나 씨가 깔보듯이 나를 보았다. 연기일지도 모른다. 상대를 짜증나게 해서 완전히 항복하게 하려고 필사적일 테니까. 왜냐하면 맞선을 본 날, 나나 씨는 분명 이렇게 말했다.

"정말 좋아하는 사람이라면 스마트하게 와인을 주문하지 않아도 된다고. 좋아하는 사람과 같이 있을 수 있다면 셀프 서비스 카페든 덮밥집이든 상관없어."

나나 씨는 미움을 받으려고 마음에도 없는 소리를 하고 있다. 그건 알겠다. 그러나 화가 나는 것은 어쩔 수 없다. 나는 최선을 다해 일한다. 컴퓨터 소프트 기술은 매일 진보하므로 넋 놓고 있다가는 금방 뒤처지는 업계다. 그러니까 퇴근한 후에도 공부한다.

"자기 월급에 맞는 생활을 하는 사람을 두고 어른이라고 해요. 제 월급이 얼마든 나나 씨한테 불평을 들을 이유가 없어요."

화를 내고 말았다. 역시 많이 취했구나.

나나 씨가 놀란 듯이 눈을 크게 떴다. 그러나 겨우 이 정
도로 겁을 먹을 성격이 아니다.

"내가 라디오국에서 일하는 거 그쪽도 알지? 내가 댁보다
연봉이 높을 거야. 아주 많이."

"그래서 뭐요? 나나 씨는 무슨 능력이 있어서 라디오국
에 입사했는데요? 저는 구직할 때, 면접에서 계속 떨어지다
가 간신히 지금 회사에 입사했어요. 하지만 면접에서 합격,
불합격을 가르는 기준은 여전히 모르겠어요. 그리고 졸업한
해의 경기가 어떤지에 따라서도 일자리가 크게 좌우된다고
요. 이런 건 누구나 알고 있잖아요? 나나 씨도 만약 미인이
아니었다면 불합격이었을지도 몰라요."

"무슨 억지를 부리는 거야. 그런 건 상관없어. 나는 인맥
으로 들어갔으니까."

"뭐예요, 그게? 그러면서 저보다 연봉이 높다고 자랑하는
거예요?"

"인맥도 실력이니까.

"부모의 인맥은 실력이 아니에요."

"그럼 내가 뭘 해야 하는데?"

뭘 해야 하다니? 질문을 이해하지 못해 나나 씨를 보았는데, 나나 씨는 잔의 한 지점을 빤히 노려보고 있었다.

"나는 앞으로 어떻게 살아야 하는데?"

혼잣말일까?

아니면 질문일까?

질문이라도 이렇게 막연하면 대답할 수 없다.

여성을 다루는 데 익숙한 훈남이라면 나나 씨가 무슨 말을 하려는지 쉽게 파악할 텐데.

"이젠 그냥 다 싫어. 아무리 생각해도 뭐가 뭔지 모르겠어."

그때 갑자기 연애 노하우 책의 내용이 떠올랐다.

'매력남은 이야기를 잘 들어준다.'

"그렇군요."

뭐가 그런지는 나도 잘 모른다. 그러나 남의 말을 잘 들어주는 남자는 "그렇구나"나 "'맞아"나 "네가 옳아" 같은 말을 자주 쓴다고 적혀 있었다.

"그렇군요는 뭐가 그렇군요야? 알지도 못하면서 뭐든 이해한다는 표정은 집어치워."

서릿발처럼 차가운 표정이었다.

"죄송합니다."

또 사과하고 말았다.

"라디오국에서 일하지만 나는 아나운서가 아니니까 목소리가 전파를 타지 않아. 그리고 보도 방송을 담당하는 것도 아니야. 내가 담당하는 방송은 〈잊지 못할 한 곡〉과 〈새빨간 얼굴의 천국, 야한 대실패〉니까."

"야한 대실패요? 재미있겠다. 그건 예를 들어 어떤……."

반사적으로 물었는데 대놓고 매서운 시선을 받았다.

"잠깐 입 좀 다물래? 제작 스태프라고 하면 그럴싸하게 들리는데 한마디로 엽서 정리야. 엽서 때문에 손을 베니까 장갑을 껴. 물론 출근할 때는 세련되게 꾸미고 가지만 옷차림 따위 전혀 상관없어. 목소리도 전파를 못 타는데 옷이 어떻든 무슨 상관이래? 그렇잖아?"

"그렇군요."

그렇게 대답하자 이번에는 나나 씨가 만족스럽게 고개를 끄덕였다. 이번 '그렇군요'는 성공이었나 보다.

"나도 열심히 했어. 부모님의 기대에 부응하려고 노력했다고. 어려서부터 피아노를 배우면서 피아니스트의 꿈을 키웠어. 대학 시절은 진짜 비참했어. 자는 시간 말고는 연습에만 몰두했으니까."

"생각보다 노력가네요."

"들어 봐, 가수는 노래가 좋으면 그렇게 예쁘지 않아도 인기가 많을 수 있잖아? 그런데 클래식은 그게 아니야. 피아니스트도, 바이올리니스트도, 솔로로 활약하는 사람은 다들 미인이고 스타일도 좋아야 해."

"듣고 보니 그러네요."

"그러니까 나도 할 수 있을 것 같았어. 잘난 척하는 것처럼 들리겠지만 객관적으로 그러니까 어쩔 수 없어. 그런데······ 전혀 안 되더라. 재능이 없었어. 그런데 음악을 가르치느라 부모님은 나한테 최소한 2,000만 엔(약 2억 원) 이상은 쏟아부었을 거야. 하지만 음대를 나온 사람들은 다 그 정도는 들어. 우리 아빠는 회사를 경영하니까 돈은 있었어. 하지만 아빠는 고생을 많이 한 사람이라서 사치를 싫어해. 피아니스트로 성공하지 못했으니까 다 헛돈 썼다고 생각할 거야."

나나 씨는 네일아트를 한 아름다운 손가락으로 잔의 물방울을 덧그리기 시작했다.

어, 그러니까······ 무슨 말을 하고 싶은 겁니까?

"엄마는 자기 인생을 후회해. 커리어우먼이 될 수 있었는데 결혼해서 인생을 망쳤다고 입버릇처럼 말해. 그래서 나더러 열심히 일해서 커리어를 쌓으라고 응원해. 지금도 요리나 세탁 같은 집안일 전부 엄마가 도맡아서 하고. 또 내가 언젠가 결혼해서 애를 낳으면 엄마가 근처에 살면서 살림은 물론이고 육아까지 도맡아서 해주겠다고 했어. 하지만 내가 하는 일은 고작해야 엽서 정리라고. 대체 나보고 뭘 어쩌라는 거지?"

나나 씨가 진지한 눈빛으로 나를 쳐다보았다.

사실은 연약한 사람이구나.

"나나 씨의 어머님은 나나 씨의 일이 엽서 정리인 걸 알고 계세요?"

"당연히 알고 있지. 우리 엄마는 나에 관해서라면 뭐든 알아야 직성이 풀리는 사람이니까."

"그러면 나나 씨가 회사에서 경력을 쌓도록 응원한다는 건 대체 어떤 의미죠?"

"엄마는 시시한 일이라도 열심히 노력하면 언젠가 인정을 받아서 출세할 수 있다고 믿어. 옛날 동기였던 미키코 아주머니 얘기를 맨날 하거든. 그 미키코 아주머니가 지금은 이사야. 아주머니도 처음에는 엄마처럼 남성 사원을 보조하는 일만 하셨대."

이렇게나 세상살이에 어두운 모녀라니. 노력은 반드시 열매를 맺고 언젠가는 인정을 받는다고 단순하게 믿나 보다.

"저기, 내가 우리 엄마처럼 평범한 주부가 되면 안 되는 거야?"

"괜찮을 것 같은데요, 평범한 주부도."

"되는 대로 말하지 마."

"죄송합니다."

깊이 생각하지 않고 말한 건 사실이긴 했다.

"남자한테 인기가 많다는 게 오히려 내게는 불행이었어. 기분은 좋았지. 인기가 있으면 인생이 즐겁거든. 매일 즐겁게 살면 인간은 본질에서 멀어질 수 있어. 피아니스트가 되겠다는 꿈을 포기하자마자 해방된 기분이 든 것도 사실이야. 지금 생각하면 참 바보 같은데, 옷만 미친 듯이 샀어. 네 평 정도 되는 내 방은 한쪽 벽 전체가 옷장이야. 그 안에는 한 두 번밖에 입지 않은 옷이나 가방이 차고 넘쳐서 이제 더 들어갈 데도 없어. 뭘 입어도 어울리는 게 또 문제였어. 아무리 사도 더 갖고 싶더라. 이렇게 인생을 대충 소비한 결과 나는 아무것도 배우지 못했어. 피아노도 못 치고 집안일도 못하고 일도 못하고 다 엉망진창이야. 내가 할 줄 아는 건 엽서 정리뿐이야. 세 살부터 피아노를 배워서 집에 방음장치가 된 방도 있고 음대까지 나왔는데, 내가 할 수 있는 건……엽서 정리뿐이야."

갑자기 나나 씨가 울기 시작했다.

"나나 씨?"

시끌벅적 떠들던 실내가 고요해졌다.

가까운 자리에 앉은 사람들이 이쪽을 돌아보는 것이 느껴졌다.

가게 정반대로 시선을 주자 기타카제가 놀라서 이쪽을 보고 있었다. 구지라이 역시 앞머리 때문에 보이지 않지만 눈을 휘둥그렇게 뜨고 있을 것이다. 그 증거로 입이 반쯤 벌어졌다.

남자들은 나나 씨가 손수건으로 눈을 꾹 누른 모습을 가슴 아파하며 쳐다보았다. 그리고 이어서 예외 없이 나를 관찰했다. 가게 안의 사람들 모두와 시선이 마주칠 정도였다.

'네놈처럼 한심한 놈이 왜 미녀를 울리는 건데?'

질투와 분노 섞인 시선이 몸을 꿰뚫었다.

"내가 바라는 건 아빠와 엄마 사이가 좋아지는 거야. 내가 부끄러울 정도로 찰싹 붙어다니거나 둘이 같이 여행도 가면 좋겠어. 엄마는 여행도 쇼핑도 나랑만 하려고 들어. 아빠와 하면 될 텐데."

"나나 씨는 어머님과 사이가 좋은 거 아니었어요?"

"물론 좋아. 엄마를 정말 좋아해. 세상에서 가장 믿을 수 있는 사람이고 늘 나를 생각해주는 소중한 친구였단 말이

야. 하지만 추첨맞선결혼법이 시행된 이후로 결혼이 뭔지
진지하게 생각해보게 되었어. 그러다가 엄마가 나한테 집
착하는 이유가 원만하지 못한 부부 사이 때문에 도피하려는
심리라는 걸 깨달았어. 이대로는 안 돼. 나는 내가 원하는
대로 살아야 해. 하지만 원하는 대로 사는 게 뭔지 도무지 모
르겠어. 내 삶의 보람은 대체 뭘까?"

"나나 씨의 삶의 보람이요?"

"나도 모르는데 당신이 알 리가 없지. 하지만 엄마가 자기
삶의 보람을 나한테 강요하는 건 그만뒀으면 좋겠어. 너밖
에 삶의 기쁨은 없다느니, 손주가 커 가는 것을 보는 것이 삶
의 낙이라느니, 그런 거 최악이야. 자기 자신만의 삶의 의미
를 찾으라고 말해주고 싶어. 남의 보람 취급이나 당하는 나
는 어쩌라고."

뚝뚝 눈물을 흘리며 애원하듯이 말했다.

"저는 누군가의 보람이 된 적은 없지만 상상해보면 역시
괴로울 것 같아요."

"당신, 사실은 알고 있지?"

나나 씨가 갑자기 매섭게 노려보았다.

"알다니요, 뭘요?"

"당신이 나한테 마지막 맞선 기회라는 거. 이번에 거절하

면 테러박멸대에 가야 해."

"아, 역시 그랬군요."

"부탁이니까 당신이 거절해줘."

"알았어요."

"어, 정말로?"

놀라서 나나 씨의 눈이 커졌다.

눈물로 화장이 지워졌는지 눈 주변이 새까맣게 번졌고 콧물도 나왔다. 지금 앞에 있는 사람은 시건방진 여자가 아니었다. 앞으로 어떻게 살면 좋을지 불안해하는 동시대인이었다.

"저는 맞선을 거절한 포인트가 아직 제로거든요."

기타카제는 몰아붙이라고 했지만 나는 그럴 수 없다. 이런 상황을 기회라고 받아들이는 것 역시 할 수 없다. 좋아하지도 않는 남성과 억지 결혼이라니 여성에게는 얼마나 고통스럽겠는가. 여성이 아니라도 충분히 상상된다.

오늘 나나 씨는 많은 이야기를 해주었지만 어디까지가 진짜이고 연기인지 전혀 모르겠다. 보기 좋게 속아 넘어갔을지도 모르지만 그래도 괜찮다. 어차피 내가 먼저 거절해줄 생각이었으니까.

"내일 당장 본부에 연락할게요."

그러니까 안심하세요.

응, 이러면 된다.

이렇게 예쁜 여자와 데이트를 했으니까 오늘은 즐거웠다. 동성에게 질투의 시선을 받는 것도 아마 내 인생의 처음이자 마지막일 테지.

이제 충분하다. 많은 경험을 할 수 있었다.

나나 씨, 고마워요.

……뭐, 그런 셈 치자.

요시미는 시끄러운 알람시계 전자음에 눈을 떴다.

오늘은 엄마가 도쿄로 오는 날이다.

어디 보자, 오늘 일정이……. 도쿄역까지 마중 나가기 전에 청소기를 돌리고 욕실과 화장실도 간단히 청소하고, 밤에는 란보가 일본식 레스토랑에 데리고 가준다고 했고…….

바쁜 하루가 되겠다.

이불을 기운차게 걷어찼다.

지난주, 란보와 결혼하겠다고 엄마에게 전화로 알렸다. 내일이라도 당장 상경하겠다고 흥분한 엄마를 달래느라 고생이었다.

첫 번째 맞선 때부터 엄마에게 상대의 신상명세서를 팩스로 보냈다. 생년월일, 직업, 가족 구성, 취미, 특기, 최종 학력 등이 기재됐을 뿐인데 엄마는 몇 번이나 반복해서 읽었는지 한 단어 한 구절 빠짐없이 기억했다.

"느낌이 어떤 사람이든?" 하고 물을 때마다 "내 타입은 아니야"라고 대답했다. 그렇게 대답해야 하는 분위기였다. 그래서 엄마에게 란보와의 결혼은 마른하늘에 날벼락일 것이다. 갑자기 결혼이라니 배신당한 기분이겠지.

란보는 오전에 헝가리에서 귀국할 예정이다. 피곤할 텐데도 엄마와 만나겠다고 해서 고마웠다. 요시미는 아직 그의 부모님과 만나지 못했다. 일이 바빠서 좀처럼 어머니가 휴가를 내지 못한다고 한다. 백중이 지나 유카타의 계절도 지나면 휴가를 길게 잡을 수 있다고 하니 그때 가족 모두에게 소개하겠다고 했다.

도쿄역 신칸센 플랫폼에서 엄마와 만났다. 양손 가득 짐을 들고 있었다.

"네가 좋아하는 산나물 지에밥을 이만큼 만들었단다."

"고마워."

다이어트 중이라 탄수화물은 피한다는 소리는 할 수 없었다. 엄마의 짐을 받아들고 개찰구로 향했다.

"그나저나 요시미, 얼굴이 활짝 폈구나!"

엄마가 걸음을 멈추더니 등을 살짝 젖히고 요시미를 위에서부터 아래까지 훑듯이 살펴보았다. 마치 란보와 보낸 밤을 들킨 기분이 들어 뺨이 타들어가는 것 같았다.

"흠."

뭔가 냄새를 맡았는지 엄마가 혼자 고개를 끄덕였다.

"긴바야시 란보라는 사람, 왜 지금까지 입 다물고 있었니?"

"입을 다물었다니. 신상명세서를 팩스로 보냈잖아."

"하지만 네 타입이 아니라고 했잖니?"

"아아, 그 얘기야? 처음에는 그랬어. 그런데 차츰 좋은 사람인 것 같더라고. 확실해지기 전에 엄마한테 말하면 괜히 걱정할까 봐."

"얘가 서운하게. 우리 사이에 비밀이 있으면 엄마가 외롭잖아. 네 생각해서 이혼도 안 하고 참고 살면서 대학 등록금에 기숙사비까지 버느라 그 고생을 다 했는데."

또 그 소린가 싶어 짜증이 났다. 그런데 힐끔 쳐다본 엄마의 표정이 너무 절박해 보여 오히려 당황스러웠다. 딸에게 버림받지 않으려고 안간힘을 쏟는 것 같았다.

란보가 예약한 일본 요릿집은 개별실이었다. 서원조(일본

무가 시대에 성립한 주택 양식으로 서원, 즉 서재를 건물의 중심으로 삼는 구조다ㅡ옮긴이)인 도코노마(방 한쪽 바닥을 한층 높게 만들어 바닥에 꽃이나 장식품을 놓고 벽에 족자를 거는 형식ㅡ옮긴이)에는 청량감을 내는 족자가 걸려 있었다. 세차게 흘러 떨어지는 폭포 그림이었다.

란보는 누차 거절하는 엄마를 상석으로 모셨다. 도코노마 앞에 엄마를 앉히고 그 맞은편에 란보와 요시미가 앉았다.

"차를 가지고 와서요."

그는 그렇게 말하며 술을 사양했다. 일부러 차를 가지고 올 필요는 없는데 술을 마시지 않는 상황을 자연스럽게 만들었다. 맨정신으로 있어야 알코올의존증인 아버지 때문에 고생한 엄마가 안심할 것이라는 그의 세심한 배려였다.

"저는 신경 쓰지 마시고 편하게 드세요."

란보의 말에 안심이라도 된 듯이 요시미는 맥주, 엄마는 탄산수를 섞은 매실주를 주문했다.

고요한 분위기 속에서 엄마는 요리가 나올 때마다 신기하다는 듯이 눈을 크게 뜨고 종업원에게 재료를 물으며 맛있다고 연신 감탄했다. 란보는 하는 일이나 가족에 대해서 간단히 설명했다.

"으응? 텔레비전에도 나오는 그 긴바야시 세쓰코 씨가 어머니라고? 참말인가?"

엄마가 놀라서 란보를 보았다. 기모노 스타일리스트인 긴바야시 세쓰코 이야기는 일부러 지금까지 하지 않았다. 엄마가 기뻐하는 얼굴을 란보와 함께 보고 싶었다.

"아이고, 기절초풍하겠네."

엄마의 반응에 그와 얼굴을 마주 보고 웃었다.

"따님과 결혼하고 싶습니다."

란보가 드디어 말했다.

"나야 우리 딸이 괜찮다면 좋아요."

엄마가 흔쾌히 승낙했다.

어쩌면 엄마를 오해하고 있었나? 역시 엄마는 딸의 행복을 기도해주었다.

란보가 차로 집까지 바래다주었다. 요시미는 평소처럼 조수석에 앉고 엄마는 혼자 뒷좌석에 앉았다.

"엄마가 선물로 산나물 지에밥을 만들어 오셨어."

"좋겠다. 나 지에밥 좋아해."

"어, 그래? 그럼 가지고 갈래?"

두 마리 토끼를 잡을 수 있겠다. 요시미는 탄수화물 섭취를 줄일 수 있고 나중에 그가 맛있었다고 한마디 해주면 란보도 엄마에게 점수를 딸 수 있으니까.

"엄마, 엄마? 지에밥 좀 싸줘도 괜찮지?"

대답이 없어서 뒤를 돌아봤는데 엄마는 미간에 움푹 주름을 잡고 창 너머로 밤하늘을 노려보고 있었다.

아파트 로비 앞에서 멀어지는 란보의 차를 배웅했다.

"사람이 정직해 보이지 않아. 신뢰가 안 가. 눈에 진실성이 없어."

놀라서 엄마를 보았다.

"왜 그런 말을 해? 괜찮은 사람이야."

엄마는 대답 없이 발걸음을 돌려 엘리베이터로 성큼성큼 걸어갔다. 황급히 쫓아갔다.

"부모가 다 유명인이라는 것부터가 이상해. 그렇게 대단한 집 아들이 왜 너처럼 평범한 여자와 결혼하려 들겠니? 정신 차리고 잘 생각해봐."

예상하지 못한 엄마의 반응이 충격적이었다.

"엄마야말로 이상한 소리를 하네? 그럼 저 사람이 무슨 목적으로 나한테 청혼을 했다고 생각하는데?"

자신과 결혼한다고 이득이 될 것은 없다. 그의 감정이 순수하다는 증거다. 그렇게 주장하고 싶었다. 그러나 엄마 앞에서 순수한 감정이니 하는 부끄러운 소리는 못하겠다. 무슨 헛소리냐고 혼이 날 것이 뻔하다.

"그러니까. 왜 너와 결혼하려는지 그게 미심쩍다니까."

엄마가 팔짱을 꼈다.

"엄마, 왜 말을 그렇게……."

아무리 모녀 사이라도 해도 되는 말과 해서는 안 되는 말
이 있다. 지금 엄마의 말이 너처럼 매력 없는 여자를 좋아할
남자는 세상에 없다고 말하는 것과 뭐가 다른가. 너무하다.
아니면 상대가 누구든 결혼을 반대할 꿍꿍이였나?

당신 혼자 남겨지지 않으려고?

3박만 할 예정이었는데 엄마는 시골로 돌아가려고 하지
않았다.

"가도 아무도 없단 말이다."

"엄마, 뭘 좀 배우면 어때?"

수예든 서예든 좋다. 뭐든 몰두할 것을 찾았으면 좋겠다.
엄마의 흥미와 관심이 딸인 자신에게 집중되니까 숨이 막혀
견딜 수가 없다.

"배우긴 뭘. 아무것도 하기 싫다."

겨우 일주일 만에 부엌은 엄마가 쓰기 편하게 바뀌었다.
소금도 설탕도 후추도 체구가 작은 엄마의 손이 닿을 낮은

선반으로 옮겨졌다. 마트로 가는 길까지 이미 익혀서 요시미가 퇴근하는 시간에 맞춰 장을 보고 밥을 차렸다. 자신의 영역이 슬금슬금 침범당해 도망칠 곳이 사라지는 것을 느꼈다.

하루 종일 지키고 앉아 있는 엄마 때문에 란보와도 만나지 못했다. 아니, 다른 것보다 세 평짜리 방에서 엄마와 이불을 나란히 덮고 자는 것이 이제 한계였다. 잠을 푹 자지 못해 피로가 쌓였다.

"엄마, 그만 집에 좀 가면 안 돼?"

용기를 내 말했다.

엄마가 원망 가득한 눈빛으로 빤히 쳐다보았다.

"결혼하면 바로 부를게. 그때는 더 큰 집에 살 거니까 엄마 방도 준비할게요. 응?"

다음 날, 엄마는 투덜대며 떠났다.

"어쨌든 그 긴바야시 란보와는 냉큼 헤어져"라는 말을 남기고.

엄마가 돌아간 그날, 란보를 집으로 불렀다.

둘이서 장난을 치며 요리를 만들어 먹었다. 오랜만에 행복을 느꼈다. 번갈아 샤워를 하고 이불에 눕자 란보가 다정하게 머리카락을 쓰다듬어 주었다.

"저기, 왜 나를 좋아하게 됐어?"

"처음 만났을 때 누구랑 닮았다고 생각했거든. 아니, 사람이 아니라 무언가랑 닮았다고 생각했어. 물개도 아니고 찹쌀떡도 아니고…….."

"너무해! 그래서 뭔데?"

"본사 부장실에 있는 칠복신(행복을 준다는 일곱 신―옮긴이) 조각상인 걸 알고 감격했어. 그런 거랑 닮은 여자는 잘 없으니까."

"아이, 미워."

엄마 앞이나 직장에서는 절대 내지 않는 달콤한 목소리였다.

"그래서 그 칠복신 중에 누구인가 하면…….."

"진짜! 심술궂기는. 사실은 알고 있어. 내가 세 번째 상대니까 타협한 거지?"

"그러니까 몇 번이나 말했잖아. 앞의 두 사람은 내가 거절하기 전에 그쪽에서 거절했다니까. 그래서 3포인트 그대로 남아 있어."

"그걸 믿는 사람이 있겠어?"

"왜?"

"너를 거절할 여자가 세상에 있겠어?"

"그건…… 사실은…….."

란보는 말을 하다 말고 똑바로 눕더니 심호흡을 했다. 하도 크게 해서 가슴이 위아래로 움직였다.

"오늘은 중요한 얘기를 해야겠다."

그가 차분하게 말했다.

"뭔데? 중요한 얘기라니?"

"앞의 두 사람이 나를 거절한 것과 관계가 있는데…… 사실은 나 아이가 있어."

"아이?"

"말 안 해서 미안해."

"거짓말이지?"

"숨기려고 한 건 아니야."

"무슨 소리야? 이혼했다는 거야? 추첨맞선은 이혼 경력이 없는 사람이 대상이었는데?"

"정식으로 결혼하지 않았으니까."

"하지만 자식이 있는 사람은 추첨맞선 자격이 없어."

"응…… 호적에는 올리지 않았거든."

"무슨 소린지 모르겠어. 제대로 설명해봐. 설마…… 숨겨놓은 애야?"

몸에서 점점 피가 빠져나가는 느낌이었다.

머릿속에서 엄마의 목소리가 들렸다.

"사람이 정직해 보이지 않아. 신뢰가 안 가. 눈에 진실성이 없어."

란보가 요시미의 머리카락을 만졌다. 머리를 쓰다듬어 주는 것만으로도 행복했던 조금 전의 상황이 마치 거짓말 같았다.

다음 순간, 요시미는 란보의 손을 뿌리치고 이불에서 튀어나왔다. 뭐에 홀린 듯이 속옷을 입고 바지를 입었다. 이 남자 앞에 알몸으로 있는 것이 갑자기 두려웠다. 인간성을 의심하기 시작하자 경계경보가 울렸다.

"숨겨놓은 애라니 그런 소리는 하지 마. 나는 그 말이 싫어. 숨기고 싶단 생각은 단 한 번도 한 적 없어."

"무슨 소리야? 지금까지 나한테 숨겼잖아?"

티셔츠를 후다닥 입었다.

그는 몸을 일으켜 이불에 앉은 채로 벽에 기댔다.

"데이트할 때마다 오늘은 말해야 한다고 생각했는데…… 말이 잘 안 나와서."

"그런 걸 두고 숨겼다고 하는 거야."

"아니야. 숨기지 않았어."

"입을 다문 거랑 숨긴 게 뭐가 달라."

"진정하고 좀 들어주라. 앞의 두 사람한테는 맞선 당일에 털어놓았어. 솔직히 말해서 여자가 먼저 거절해주리라는 계산도 있었어. 테러박멸대에 가기는 싫었으니까. 그런데 요시미한테는 좀처럼 말이 안 나와서…… 지금은 무슨 소리를 해도 변명으로 들리겠지만 숨길 생각은 없었어. 그게, 설마 추첨맞선으로 만난 상대와 진심으로 결혼하고 싶다고 생각하게 될 줄 몰랐으니까……."

"엄마는 어떤 사람인데?"

"벌써 죽었어."

아아, 그 사람…….

란보와 처음 만난 날, 그는 요시미에게서 향수를 느낀다고 말했다. 전에 사귄 여자와 성실한 느낌이 비슷하다면서……. 그 사람과 사이에 아이가 있었구나. 그리고 그 사람은 죽었다.

"애가 태어났는데 왜 호적에 안 올렸어?"

"긴바야시 집안의 체면을 지키기 위해서."

그렇게 말하며 란보는 괴로운 듯 얼굴을 찡그렸다.

"동남아시아 투어 가이드를 맡고 반년쯤 지나서 알게 된 태국 여자야. 그때 난 스물셋밖에 안 됐지만 추라폰을 사랑하는 마음은 진심이었고, 그래서 결혼까지 할 생각이었어.

그런데 아버지가 맹렬하게 반대하셨어. 늘 국제파라고 자부하던 아버지가 왜 그러시는지 이해가 안 됐어. 아무래도 아버지의 '국제'는 구미 백인사회만 가리키는 말이었나 봐. 동남아시아 여성을 임신하게 하고 모른 척하는 일본 남자는 셀 수 없이 많으니까 내버려두라고 하셨어."

"아버님이 반대하셨다고 그냥 포기했어?"

"설마. 아버지가 아무리 반대하더라도 밀어붙일 생각이었어. '젊음의 치기'라는 소리를 들었는데 지금 돌이켜 생각해도 그건 아니야. 하지만 어머니의 말씀이 견디기 힘들었어."

"뭐라고 하셨는데?"

"나 때문에 앞으로 누나와 여동생의 결혼에 지장이 생길지도 모른다고. 그 말을 들으니까 마치 내가 긴바야시 일가를 불행하게 하는 역병신이 된 것 같더라. 고민한 끝에 호적에 올리는 걸 연기하기로 했어. 그랬는데……."

"이제 됐어! 듣기 싫어! 돌아가!"

큰소리를 내질렀다.

"요시미……."

"돌아가라고! 당장 내 집에서 나가!"

란보는 뭔가 말하려다가 슬픈 표정으로 옷을 입고 곧 집을 나갔다.

다음 날, 회사를 쉬었다. 감기에 걸렸다고 둘러댔다. 예고 없이 일을 쉰 것은 간호사라는 직업을 가진 이래로 처음이었다. 동료에게 큰 부담을 준 것은 알지만 도저히 나갈 수 없었다.

아무와도 만나기 싫었다.

아무와도 말하기 싫었다.

환자를 보며 웃음을 지을 수 없었다.

란보에게서 몇 번이나 전화가 걸려왔지만 역시 받을 마음이 들지 않았다.

아파트에도 여러 번 찾아왔는데 그때마다 집에 없는 척했다.

며칠 후, 엄마가 전화를 걸었다. 평소처럼 긴 수다를 한바탕 늘어놓고서 엄마가 물었다.

"요시미, 무슨 일 있었니? 목소리가 안 좋구나. 어디 말해보렴."

"태국인 여자 사이에 아이가 있다더라."

잠깐 침묵이 흘렀으나 엄마가 펑 터지듯이 웃었다.

수화기 너머로 들리는 요란한 웃음소리가 불쾌해서 수화기를 귀에서 멀리 뗐다.

"그거 보렴, 엄마가 말했지? 역시 속였던 거야."

엄마가 즐겁게 말하며 란보의 뻔뻔함을 욕했다.

듣고 싶지 않은 단어들이 끝날 줄 모르고 나왔다.

"누가 봐도 안 어울렸으니까. 이른바 순박한 시골 처자와 도시의 플레이보이 커플이었잖니."

엄마가 요시미의 가슴 안에 있는 답답함을 단적인 말로 표현했다.

"엄마, 미안한데 나 지금 피곤해. 요 며칠간 애가 있는 간호사의 야근을 대신 해줬거든. 졸려 죽겠어."

"아이고, 엄마가 미처 몰랐구나. 지쳤을 때는 자는 게 최고야. 그럼 또 전화하마."

전화는 이렇게 끊으면 된다. 이러면 된다. 거짓말도 방편이라고 하니까.

좀 더 어른이 되어야 한다.

란보에게 편지가 도착한 것은 열흘 후였다.

요시미에게

정말 미안해.

솔직하게 말하면 요시미 네가 이해해줄 거라고 생각했어.

대체 왜 그렇게 믿고 있었는지, 그날 이후로 내 자신에게 묻고 있어. 지금은 이기적인 생각만 했던 내가 너무 한심해. 추라폰을 절대 가볍게 생각하지 않았다고 아무리 말해도 이해하라고 강요하는 건 무리지. 정신이 나갔었나 봐.

여자아기가 태어났다는 편지가 태국에서 왔을 때는 이미 소속이 동유럽으로 바뀌어서 가족에게는 비밀로 하고 태국에 갔어. 그날 이후로 지금까지 월급 중에서 매달 십수만 엔을 생활비로 보내고 있어.

딸이 다섯 살이 됐을 때 추라폰이 병으로 죽었어. 이렇게 짧은 인생일 줄 알았다면 정식으로 결혼해서 같이 살면 좋았을 거야. 아무리 후회해도 모자라.

딸은 방콕에 사는 추라폰의 어머니, 외할머니가 데려갔어. 일 년에 한 번, 할머니가 우리 회사로 딸의 사진을 보내줘. 올해 여덟 살이야.

꾸밈없고 잘난 척하지 않으면서 다부진 너의 모습이 추라폰과 닮았어. 하지만 오해하지 말아 줘. 닮았다는 이유로 너를 좋아한 건 아니야. 원래 나는 그런 타입에 끌리는 것 같아.

나이를 먹으면서 가정을 꾸리고 싶어졌어. 너와 결혼한 뒤에도 태국에 생활비를 송금할 생각이었는데, 그것 이외에는 절대 너에게 부담을 줄 생각은 없었어.

미리 말하지 못하고 큰 상처를 주어서 정말 면목이 없어.

정말 미안해.

하지만 너를 좋아한 마음만은 진심이었어.

편지지를 봉투에 넣으며 마음이 흔들리는 것을 느꼈다. 자신을 좋아한다는 란보의 감정이 진심일지도 모른다.

란보는 오랫동안 괴로웠다. 가족이 태국인 여성과의 결혼을 반대했고 아이를 인정하는 것까지 방해했으니까.

방콕에 사는 딸은 어떤 애일까? 란보와 결혼한 후, 그 아이를 데려와 키울 만큼 자신의 도량이 클까?

그때 엄마의 목소리가 들렸다.

"그냥 타고난 거짓말쟁이네. 정말 좋아했다면 처음부터 말했을 거다."

이런 소리도 했다.

"빼도 박도 못하는 상황까지 끌고 와서야 털어놓고, 염치가 없는 것도 정도가 있어야지."

엄마의 말도 일리가 있다.

무엇을 믿어야 할지 모르겠다.

제 4 장

그리고 일 년 후

시야가 탁 트였다.

수평선이 주변을 300도 가까이 빙 둘러쌌다.

커다랗게 뜬 저녁 해가 하늘을 붉은색으로 물들이며 수평선 너머로 지고 있다.

방파제에서 물속을 들여다보면 물고기가 헤엄치는 게 보인다. 이 섬의 주부들은 저녁이면 여기로 와서 낚싯대를 드리운다. 저녁에 먹을 생선을 낚는 것이 한 가정을 꾸리는 주부의 일이라고 여긴다. 이렇게 자급자족에 가까운 생활을 요시미는 이 섬에 와서야 처음 경험했다.

요시미가 추첨맞선 상대를 세 번 다 거절하고 이 낙도에 간호사로 파견된 것은 일 년 하고 수개월 전이었다.

당시 란보에게 배신을 당한 충격에서 미처 헤어나지도 못한 상태에서 저출생대책본부에서는 배려 없이 다음 맞선 상대의 신상명세서를 보냈다. 열어보기도 싫었다. 하지만 정당한 사유 없이 결석하면 금고형이다. 어쩔 수 없이 회장에 가서 상대의 얼굴도 제대로 보지 않고 다음 날 바로 전화를 걸어 거절 의사를 밝혔다. 그런 일이 두 번 이어지자 거절 횟수가 금방 3포인트에 도달했다.

란보에게 숨겨둔 아이가 있다는 것을 알았던 그때를 떠올리면 지금도 마음이 괴롭다. 그날 이후로 그와 만나지 않았다.

요시미는 이 작은 섬에서는 유명 인사다. 섬사람들에게는 '유배된 사람'이라고 불린다. 요시미 이외에도 삼십 대 의사 남녀가 각 한 명, 여성 간호사가 네 명, 남성 방사선사 한 명이 전국 각지에서 파견되어 이곳으로 왔다. 모두 맞선을 세 번 거절한 사람들이다.

이런 '유배된 사람' 덕분에 이 섬의 의료 사정이 개선되었다. 그때까지는 아흔 살 가까운 남성 의사가 내과와 외과를 혼자 도맡았고 간호사도 그의 아내 한 명뿐이었다.

로마에 가면 로마법을 따른다고 하니, 요시미도 저녁이면 샌들을 신고 낚시를 하러 나왔다. 이렇게 신선한 생선을 다른 곳에서는 구하지 못한다. 갓 잡은 생선 맛에 입이 길들자 가게에서 파는 생선은 횟감이라도 비려서 날것으로는 먹지 못하겠다. 그래서 그날 저녁에 먹을 만큼만 잡았다. 잔뜩 잡아서 냉장고에 보관해두는 것도 싫었다.

쥐치가 특히 맛있다. 버리는 부분은 내장과 비늘 정도로, 조림으로 먹을 때면 마지막에 뼈까지 뜨거운 물에 우려 국물을 마시고, 잔 것은 뼈까지 통째로 과자처럼 먹는다.

옆에서 엄마가 유모차에 태운 란지를 어르고 있었다. 란지는 생후 5개월이 됐다. 저녁 해를 등진 엄마의 가늘고 긴 그림자가 앞으로 드리웠다.

란지가 칭얼거리기 시작했다. 잠이 오나 보다. 엄마가 유모차에서 안아 올렸다.

"망아지가 달리네, 초록빛 목장 안에서."

엄마가 몸을 좌우로 흔들며 즐겁게 노래를 부르자 란지가 울음을 뚝 그쳤다.

"팟파카, 팟파카는 달린다."

예상대로 란지가 웃었다. '팟파카'에서 꼭 웃는다. 정말 즐겁게 까르르까르르 웃는다. 그 웃음소리에 엄마는 물론이고 방파제에 앉아 낚싯대를 드리운 젊은 주부들도 일제히 소리 내어 웃었다.

낙도에 온 뒤로 엄마는 몰라보게 밝아졌다. 섬사람들과 친해져서 만물상에서도, 선착장에서도, 사람들과 허물없이 말을 주고받는다.

"요시미, 어디서 들었는데 이 계절에 쥐치는 간이 맛있다더구나. 제철은 여름인데 가을부터 겨울까지가 제2의 제철이래. 간이 딱딱하고 커다래져서 그렇대."

엄마가 미간을 찡그리며 속삭였다. 마치 누가 들으면 안 되는 중대한 비밀을 알려주는 것 같다. 멋쩍음을 감추려는 엄마 특유의 습관이다. 쥐치 간이 맛있다는 정보는 아마 홀아비 신세인 선장에게 들었을 것이다.

선장을 처음 봤을 때는 수염이 덥수룩해서 깡마른 산타클로스인 줄 알았다. 십오 년 전에 아내와 사별하고 자식들은 도시에서 산다. 엄마는 토란과 오징어 조림 따위를 만들어서 선장의 집으로 부지런히 나르고 있다.

이 섬에 온 후로 엄마는 예뻐졌다. 두 달에 한 번은 배를 타고 본토 미용실까지 가서 머리를 갈색으로 염색했다. 돌아오는 길에 쇼핑센터에 들러 그전까지는 절대 입지 않았던 화사한 옷도 샀다.

오늘도 엄마는 흰 바탕에 연한 오렌지색 코스모스 무늬가 그려진 면 원피스를 입고 있다. 동네 주부들이 젊은 할머니라고 부를 때마다 기뻐한다.

"와, 간도 먹을 수 있어?"

"바보들이나 간을 버린다지 뭐니? 고신마루호 선장이 어제 그러더라."

"정말이에요? 이때까지 간을 버렸다는 소리예요?"

등에 갓난아기를 업고 낚싯대를 잡고 있는 젊은 엄마가 뒤를 돌아보고 놀랐다는 듯이 말했다.

"아이고, 그러면 안 되는데."

"그러면 간은 어떻게 먹으면 좋나?"

엄마가 묻자, 애기 엄마가 맛있게 먹는 법을 알려주었다.

"오호라, 그렇게 먹을 수도 있구나. 처음 듣는 방법이야."

엄마가 감탄해서는 고개를 여러 번 끄덕였다.

"오늘 저녁에 바로 해볼게요. 고마워요."

요시미가 감사 인사를 하자, 볕에 야무지게 그을린 젊은 엄마가 만족스럽게 고개를 끄덕였다.

"미오는 잘도 자네."

엄마가 그의 등에 업혀 단잠을 자는 갓난아기의 뺨을 살그머니 어루만졌다. 엄마는 동네의 갓난아기들이나 어린아이들의 이름을 다 외웠다. 기억력이 얼마나 좋은지 모른다.

"아, 당긴다. 엄마, 빨리 양동이, 양동이."

엄마가 란지를 안은 채 황급히 빨간 플라스틱 양동이를 요시미의 발밑에 두었다.

"지금 두 마리째 잡은 거죠? 역시 간호사 선생님이네. 우리랑 다르게 손끝이 얼마나 여문지 몰라."

쥐치는 조그만 입으로 미끼를 긁어내듯이 먹어서 낚시찌를 물었는지 아닌지 파악하기 어렵다. 그래서 낚으려면 고도의 테크닉이 필요하다고 한다.

"아니에요. 간호사랑 낚시는 전혀 관계없는걸."

"에이, 있다니깐. 대단해요."

사실 처음 낚싯대를 잡을 때부터 입질하는 미묘한 감촉을 느꼈기에 내심 장기를 찾았다고 생각했다.

영 잡질 못하는 그 주부에게 한 마리를 나눠주기로 했다.

"내가 받아도 되나요? 아이고, 고마워서 이를 어째!"

저녁 해가 사르륵 녹아들었다. 엄마에게는 비밀이지만, 란보와의 추억은 이 저녁 해처럼 여전히 찬란하다. 영원히 빛바래지 않을 것이다.

"미오네 오늘 진수성찬이겠어?"

"나도 잡았으니 이제 가야지."

각자 잡으려던 생선을 잡았는지 하나둘 방파제를 떠났다.

저녁 해가 서서히 가라앉아 하늘과 바다의 경계선에 접근한 순간, 수평선이 금색으로 빛났다. 그리고 순식간에 가라앉아 풍경이 군청색으로 바뀌었다.

밤이 왔다…….

"엄마, 우리도 슬슬 갈까?"

방파제를 등지고 셋이서 집으로 향했다. 란지는 제멋대로 한쪽 발을 유모차 밖으로 내던지고 기분 좋게 자고 있었다.

"란지 표정 좀 보렴. 어쩜 이렇게 편할까."

엄마가 란지의 잠든 얼굴을 보고 웃었다.

오 분도 안 걸려 장난감처럼 작은 단층집들이 보였다. '유배된 사람'을 위해 급조된 마을 주택이다. 2LDK 구조로 집 뒷마당에는 작은 밭도 딸렸다.

요시미 이외에 '유배된 사람' 모두 혼자서 생활하고 있지만 다들 밭을 잘 활용한다. 채소를 키우는 사람도 있고 꽃을 심고 즐기는 사람도 있고 개집을 두고 개를 키우는 사람도 있다.

엄마는 집에 들어서자마자 곧장 부엌으로 가서 쥐치를 손질하기 시작했다.

"간이 아주 기름지네. 얘, 요시미. 이거 보렴."

"와, 진짜다. 배가 **빵빵**하게 부풀었어."

"선장님 말씀이 맞았어."

엄마가 분홍색 간을 꺼내 생것 그대로 간장에 풀었다. 그것이 양념장이 된다고 한다.

"미오네 엄마가 이 양념장에 쥐치를 회로 찍어 먹는댔지?"

"한 점 먹어볼래."

엄마와 나란히 부엌에 서서 손으로 집어 먹었다. 흰 살 생선인데도 식감이 쫄깃쫄깃하고 탄력이 있다.

"진짜 맛있다."

달콤한 고기 맛이 간의 농후한 감칠맛과 어우러져 혀 위에서 절묘한 조화를 이루었다.

"그러게, 정말 맛있구나. 이제껏 살면서 먹은 것 중에 열 손가락 안에 들 정도로 맛있다."

둘 다 눈을 휘둥그렇게 뜨고 감탄하며 자연스럽게 웃었다.

그때, 시선 끝에서 무언가가 데구루루 뒤집어졌다.

"으응? 요시미, 지금 란지가 몸을 뒤집은 거 아니니?"

란지를 보니 엎어져 있었다. 옆방 사이의 미닫이문은 늘 활짝 열어둔다. 란지가 언제든 시선에 잡히도록 엄마가 그렇게 해뒀다. 엄마와 둘이서 살금살금 다가가 보니 란지가 얼굴만 옆으로 돌리고 쌔근쌔근 자고 있었다. 잘 들여다보지 않으면 눈이나 코, 입이 안 보일 정도로 볼살이 포동포동

올라와 있다.

"벌써 뒤집기도 하고 성장이 빠르네. 다른 아기들보다 표정도 풍부하고 이유식도 얼마나 잘 먹는지, 이대로라면 나중에 총리가 되겠어."

요시미는 이런 소리를 진지하게 하는 엄마가 재미있었다. 란지는 엄마의 자랑스러운 손자다.

"이제 란지가 혼자서 목도 가눌 수 있으니, 더 이상 유모차에 앉히지 않아도 되겠다. 내일부터라도 포대기에 업고 나가야겠어. 응, 그래야겠다."

엄마의 산책 코스는 늘 선장의 집에서 끝난다. 아무래도 둘 다 란지를 어르고 달래는 것이 즐거운가 보다. 선장의 집 근처에 만물상이 있다. 식료품이나 일용품부터 CD와 책까지 판다. 그러나 아주 작은 가게여서 주인이 엄선한 것들만 있다. CD는 주인장이 좋아하는 트로트 가수 앨범만 있고 책은 역사 소설뿐이다.

만물상 아주머니는 병원 통원과 소문 떠벌리기를 좋아한다. 지금까지 술안주만 사러오던 선장이 달걀과자를 사러와서 놀랐다는 소문이 요시미의 귀에도 들어왔다.

임신 사실은 란보와 헤어진 뒤에 알았다. 란보에게는 자식이라고 인정만 해달라고 부탁할 생각이었는데 엄마가 강경하게 반대했다.

"평생 쫓아다닐지도 몰라."

"등골까지 빼먹혀도 좋겠니?"

그에게 숨겨둔 자식이 있는 것은 충격이지만, 그래도 엄마 말처럼 그리 나쁜 사람 같지는 않았다. 게다가 등골까지 빼먹는다니. 산겐자야에 있는 으리으리한 긴바야시 저택도 그렇거니와 자신들과는 비교도 할 수 없을 만큼 엄청난 재력에 인텔리 집안이 아니던가.

요시미 쪽에서 임신을 무기로 긴바야시 집안을 협박한다고 세상 사람들이 믿더라도 이상할 게 없다. 그래서 객관성이라고는 없는 엄마의 극성스러운 '내 자식 지상주의'에 기가 차서 할 말을 잃었다.

인정해주지 않으면 아이가 불쌍하다. 그러나 태어나기까지 아직 시간이 있으니까 그렇게 서두를 것 없다고 느긋하게 생각했다.

선택지에 임신 중절은 없었다. 지금까지 인생을 생각하면 아이를 낳을 기회가 앞으로 또 있을 것 같지 않았다. 처음이자 마지막 기회를 놓치면 언젠가 반드시 후회할 것이다. 그래서 설령 엄마가 결사반대하더라도 아이를 낳는 것만은 양보하지 않을 생각이었다.

그런데 엄마는 예상과 달리 출산을 반대하지 않았다. 오히려 얼굴 한가득 웃음꽃을 피우고 말했다.

"낳기만 하면 아기는 엄마가 돌봐줄게. 넌 네 일만 열심히 해. 걱정할 것 하나도 없어."

다음 날, 엄마는 신이 나서 배를 타고 본토로 건너가 아가용품점을 몇 군데씩 돌면서 임부복을 사 왔다.

그로부터 한 달 후였다. 신문에 실린 주간지 광고의 헤드라인 카피에 시선이 멎었다.

"파국! 랭보 연구자와 그 아내. 빚더미에 올라앉은 허구의 가족! 연구비도 양복비로 사라졌다?"

이 섬에는 서점이 없어서 이른 아침에 이웃집을 찾아가 그 집의 여고생에게 주간지를 사다 달라고 부탁했다. 섬에는 고등학교도 없어서 학생들은 중학교를 졸업하면 배를 타고 본토 고등학교에 다닌다.

"스타일이 가장 댄디한 교수로 손꼽이는 랭보 연구자 A씨가 현재 전 재산을 탕진하고 뇌졸중으로 쓰러져 입원 중이다. 사업이나 주식 매매 실패로 빚을 졌다면 동정의 여지라도 있으나, 단순히 돈을 헤프게 쓴 것이 원인이라니 한심할 노릇이다. 나라에서 받은 연구비도 고급 자동차와 양복비 등 사비로 유용했다는 혐의가 있어 경찰청이 조사에 착수했다. 유복한 환경에서 나고 자라서 씀씀이가 크고 사치가 심한 A 씨는 평소에도 유명인을 초대해 호화 파티를 즐겨 열었다고 한다. 재계인사나 프로스포츠 선수, 연예인 등 교제 범위도 매우 넓다. 기모노 스타일리스트로 유명한 A 씨의 아내는 남편의 빚을 변제하기 위해 기모노 회사를 매각했다."

기사를 읽은 엄마는 보란 듯이 웃으며 요시미를 보았다.

"그거 보렴. 내가 말한 대로 아주 의뭉스러운 집안이었어. 엄마가 맞지?"

란보의 부친이 어떤 사람이든 란보와는 관계없다. 그는 성실하게 일했고 생활도 생각보다 검소했다.

요시미의 표정에서 무언가 읽었는지 엄마가 이어서 말했다.

"부모는 자식의 거울이라잖니. 돈도 없는 주제에 사치나 부리는 집에서 자란 인간이 제대로 클 리가 없어. 머리가 텅텅 비었을 게 뻔해."

란지는 이 섬에서 태어났다. '유배된 사람'인 여성 의사와 동료 간호사가 받아주었다.

밤이 깊어졌다.

옆방에서 자장가를 부르는 엄마의 목소리가 들렸다.

창가에 앉아 건너편 산까지 펼쳐진 논을 바라보았다. 방 안에 벌레가 들어오지 않게 불을 꺼두었는데, 밖은 휘황찬란하게 빛나는 달빛 덕에 밝았다.

추첨맞선결혼법에 따라 테러박멸대 대체복무기간은 2년이니까 내년 여름이면 드디어 자유의 몸이 된다.

그런데 얼마 전에 엄마가 조심스러워하면서 이런 이야기를 꺼냈다.

"얘야, 요시미. 네가 섬을 나간 뒤에도 나는 여기에 남을까 한다. 여긴 겨울에도 춥지 않고 늙은이가 살기에 좋아. 그리고 누가 뭐래도 생선이 맛있으니까, 이젠 생선은 다른 데서는 먹지 못하겠어."

사실은 고신마루호 선장과 헤어지기 싫겠지.

"물론 네가 여기 함께 남아준다면야 제일 좋겠지만. 란지랑 헤어지는 건 슬프니까. 그래도 모처럼 밭일도 손에 익었으니까 가능하면 밭이 있는 곳에서 계속 살고 싶어. 올해 여름에 방울토마토랑 오이도 제법 그럴싸하게 키워냈잖니? 게다가 동네 젊은 주부들도 말이다, 이런 낙도에 사는데도 똑똑한 사람들이 많아서 주키니에 파프리카 같은 채소 씨앗까지 나눠줬잖아. 그런 채소도 생각보다 멋지게 잘 키우지 않았니. 엄마도 드디어 보람이란 걸 찾은 것 같아."

엄마는 그 좁은 마을에서 도망치고 싶었는지도 모른다. 엄마는 알코올의존증 아버지 때문에 고생한 것을 숨기려고 했지만 다들 알고 있었다. 아버지의 폭력 때문에 병원에 달려간 적도 있으니까 알려지고도 남는다.

아버지가 돌아가시고 벌써 몇 년이 지났는데도 불쑥 "정말 고생이 많았지", "잘 참았지 뭐야" 하는 이웃 사람들의 말이 들려온다. 여자들이 보내는 동정 어린 말에 엄마는 상처를 받고 비참했을 것이다. 자기를 불쌍하게 쳐다보는 시선에서 벗어나고 싶었을 것이다.

이 섬사람들은 엄마의 과거를 모른다. 앞으로도 엄마가 직접 말하지 않는 한 영원히 알려질 일이 없다.

섬사람들에게 '유배된 사람'은 외지인이지만 그래도 따뜻하게 지켜봐준다. 의사도 간호사도 모두 국가자격증을 가진 사람들이니까 믿을 만하다고 생각했을 테고, 실제로 섬사람들에게 도움을 주고 있다. 유배된 사람의 가족을 바라보는 시선도 같았다. 따라서 그런 의미에서도 엄마에게는 살기 좋은 곳이다.

그렇게 엄마로부터 벗어나고 싶었는데 막상 엄마가 이곳에 머문다고 하니 같이 있어도 괜찮겠다는 마음도 든다. 도쿄에 돌아가 일하면서 혼자 란지를 키울 생각을 하니 얼마나 고생스러울지 뻔했다.

물론, 섬에 머무는 것으로 마음이 기우는 이유가 단지 아이의 양육 때문만은 아니다. 엄마와의 관계가 예전과 달리 많이 편해지기도 했다. 본인은 의식하지 못하겠지만 그사이 엄마가 많이 달라졌다. 엄마가 드디어 독립을 하게 된 것이다.

지금까지는 경제적인 문제는 차치하더라도 일상의 즐거움까지 요시미가 챙겨야 했다. 그런데 이 섬에 온 이후로 엄마는 '짐'이 아니게 되었다. 오히려 섬사람들과 적극적으로 교류하며 섬 생활에 필요한 정보를 사방에서 입수해오기도 했다.

란지를 안심하고 맡길 수 있는 점은 말할 것도 없다. 엄마가 곁에 있으니 마음 편하게 일에 몰두할 수 있다. 엄마에게 오로지 감사한 마음만 느끼는 날이 오다니 얼마 전까지도 상상할 수 없는 일이었다.

갑자기 사방이 어두워졌다. 고개를 들어 보니 구름에 달이 가리어졌다.

일 년 하고 몇 달간, 란보에게서 한 달에 한 번꼴로 장문의 핸드폰 문자가 온다. 월말이 되면 반드시 문자가 와서 월말이 다가올 즈음부터 마음이 들뜨기 시작한다. 답문자는 아직 한 번도 보내지 않았지만, 그가 보낸 문자는 지금처럼 자주 처음부터 순서대로 읽곤 한다.

잘 지내?

헤어지고 벌써 한 달이 지났어.

너에게 상처를 준 게 늘 마음에 걸려.

벌써 여름도 끝나 가네.

바다에 가기로 한 약속도 지키지 못했는데 아쉬워.

낮에는 방파제까지 헤엄치고 밤에는 모래사장에서 별이 뜬 하늘을 보려고 기대했는데.

너도 바다를 좋아한다고 했으니까.

이미 다른 사람하고 바다에 갔다 왔을까?

괜찮다면 어떻게 지내고 있는지 연락해줘.

그리고 내가 보내는 문자가 불편하다면 말해줘.

그러면 두 번 다시 연락하지 않을게.

뺨에 바람이 닿았다. 바람이 불기 시작했다.

창밖으로 고개를 돌리니 탐스럽게 영근 벼 이삭이 밤의 어둠 속에서 고개를 숙이고 바람에 휘날리고 있었다.

잘 지내?

그 후로 어떻게 지내?

나는 방콕에 사는 딸의 정식 아버지가 되었고 호적상으로 도 '유자녀'가 되어서 추첨맞선 대상에서 제외되었어.

이번 달 초에 방콕으로 전근해서 지금은 딸과 조모와 함께 셋이서 살고 있어.

우리 부모님 일은 언론에서 신나게 다루고 있으니까 알고 있겠지만, 아버지는 입원하셨고 어머니 회사는 다른 사람 에게 넘어갔어.

넌 지금쯤 세 번째 추첨맞선 상대와 교제 중일까?

상대는 어떤 남자일까?

내가 보내는 문자가 불편하다면 말해줘.

그러면 두 번 다시 연락하지 않을게.

마지막 두 행은 늘 같았다.

섬의 병원은 도쿄의 대형 병원과 달리 환자와 개인적으로 친밀해지기 쉽다. 그러다 보니 가까운 사람의 죽음을 지켜 봐야 하는 상황이 종종 있고, 그럴 때마다 심신이 괴롭고 힘 들다. 그래서일까? 란보의 그 짧은 몇 마디 말에 지친 마음 이 위로를 받는다.

잘 지내?

난 이번에 승진했어.

하지만 말만 부지점장이지 사원은 다섯 명뿐이야.

그래서 나도 매일 같이 관광지로 나가서 가이드를 하고 다녀.

넌 지금도 간호사로 일해?

혹시 벌써 결혼했을까?

네가 행복하게 살기를 기도해.

내가 보내는 문자가 불편하다면 말해줘.

그러면 두 번 다시 연락하지 않을게.

어둠 속에서 핸드폰의 화면이 눈부시게 빛났다. 엄마의 자장가 소리가 어느새 끊겼다. 매번 란지를 재우려다가 엄마도 같이 잠이 든다.

바람이 잔잔해지고 어디선가 금목서의 향기가 났다.

잘 지내?

딸이 반에서 일등인데 간호사가 되고 싶다고 해.

크면 일본 대학교 간호학부로 진학하게 하고 싶어.

그때 조언해줄 수 있을까?

내가 보내는 문자가 불편하다면 말해줘.

그러면 두 번 다시 연락하지 않을게.

그 당시 나를 떠올리면 부끄럽게도 참 편협하고 속이 좁
았다. 동남아시아 여자라는 소리를 듣자마자 아동 매춘을
떠올렸다. 추라폰이라는 여성이 란보보다 두 살 연상이고
중앙시장에서 일했다는 것을 알면서도.

아이 엄마가 일본인이었다면 조금은 다른 반응을 보였을
것이다. 차별과 편견에 가득 찬 것은 오히려 자신이었음을
최근 들어 깨우쳤다.

잘 지내?

회사 일로 잠시 일본에 들어왔어.

오랜만에 도쿄의 겨울을 느끼니까 역시 힘드네.

빌딩 사이로 부는 바람이 어쩌나 차가운지 얼어버릴 것 같아.

너라면 당연히 이런 날씨에도 불평하지 않고 병원에 출근
해서 열심히 일할 테니까 나도 열심히 해야지.

내가 보내는 문자가 불편하다면 말해줘.

그러면 두 번 다시 연락하지 않을게.

귀국해서도 만나고 싶다는 소리를 하지 않았다. 지금도

도쿄 병원에 다닌다고 생각하고 있으니 만나려고 마음만 먹었다면 얼마든지 만날 수 있는 거리였는데도…….

잘 지내?

겨울이 없는 나라에 사니까 눈 덮인 산이 그리워.

스키 잘 타지?

나는 어려서부터 스키를 좋아해서 설산에 자주 다녔어.

지금은 다른 사람 소유이지만 가루이자와에 있는 별장에 같이 가면 얼마나 좋았을지 매일 상상해.

내가 보내는 문자가 불편하다면 말해줘.

그러면 두 번 다시 연락하지 않을게.

스키라면 잘 탄다. 효고현에서도 눈이 가장 많이 내리는 곳에서 자랐다. 스키장이 근처에 있었으니까 초등학교 때부터 고등학교 때까지 체육 수업에 스키 교실이 있었다.

밤바람이 뺨을 살며시 어루만졌다.

눈을 감고서 둘이 함께 설원에서 찬바람을 맞는 상상을 했다.

잘 지내?

고향집에서 설날을 보냈겠지?

어머님도 건강하게 잘 지내시고?

언제더라, 고향의 그림엽서를 내게 보여준 적이 있었어.

성도 있고 옛 정서가 그대로 남아 있는 거리도 있고 빨간

도리이(신사 입구에 설치하는 기둥 문—옮긴이)가 쭉 이어지는

긴 돌계단도 있고. 그 매력적인 풍경을 지금도 기억해.

단 한 번이라도 좋으니 눈 내리는 그 마을을 너와 같이 걷

고 싶다.

내가 보내는 문자가 불편하다면 말해줘.

그러면 두 번 다시 연락하지 않을게.

란보와 사귀던 시절, 적절한 시기에 둘이 함께 고향 집에 내려가 볼 생각이었다. 안내할 곳도 대충 정해두었다. 신사 와 절은 물론이고 카페까지.

사이좋은 동급생에게도 소개할 생각이었다.

잘 지내?

슬슬 도쿄는 벚꽃놀이를 할 시기겠지.

너도 병원 사람들과 꽃놀이를 하겠지?

지도리가후치의 벚꽃 터널을 같이 걷고 싶었어.

특히 해자 보트에서 보는 경치를 보여주고 싶었어.

하지만 어쩌면 벌써 결혼해서 부부가 같이 꽃놀이를 즐길 지도 모르겠네.

내가 보내는 문자가 불편하다면 말해줘.

그러면 두 번 다시 연락하지 않을게.

돌이켜보면 그와는 봄의 끝자락부터 여름까지 짧게 사귀었다.

가을의 란보도, 겨울의 란보도 모른다.

그때 갑자기 메시지 수신음이 울렸다. 깜짝 놀라 손에서 핸드폰을 놓쳐버렸다. 다다미 위로 굴러떨어진 핸드폰을 집어 들자 바탕화면에 '란보'라는 이름이 눈에 들어왔다.

무슨 일이지? 평소 그의 문자는 월말에 온다. 아직 월말까지는 많이 남았는데…….

수신음은 가을벌레들의 소리에 묻혀서 아마 옆방에서 꾸벅꾸벅 졸고 있는 엄마에게는 들리지 않았을 것이다.

긴장해서 숨을 죽이고 핸드폰을 열었다.

잘 지내?

그때 이후로 벌써 일 년이 훌쩍 흘렀네.

계절이 돌고 돌아 또 가을이 왔어.

도쿄는 단풍으로 아름답겠지.

사람이 그리워지는 계절은 버거워.

너를 생각하면 마음이 약해져서 견딜 수가 없어.

지금까지 계속 문자를 보냈는데 한 번도 답을 주지 않은
것은 정말 불편했던 거겠지?

불편하다는 문자를 보내는 것조차 싫었을 거야.

내가 좀 더 일찍 알아차렸어야 했는데.

미안해.

이 문자를 마지막으로 더는 연락하지 않을 테니 걱정하지 마.

그럼 건강하게 잘 지내.

멀리서 너의 행복을 진심으로 기원할게.

"어?"

마지막?

마지막 문자라고?

다음 순간, 양팔에 소름이 돋았다.

돌이킬 수 없는 짓을 저질렀나? 일 년 이상 문자를 무시했
다. 아니, 사실은 무시하지 않았다. 지금처럼 셀 수 없을 만
큼 반복해서 읽었다. 게다가…… 마음속으로는 벌써 몇 번이

나 답을 보냈다. 아니, 월말이 오는 것을 기대하며 기다렸다.

"내가 보내는 문자가 불편하다면 말해줘."

란보의 문자에는 매번 이 문장이 있었다.

란보, 아니야. 아니야. 불편하지 않았어. 그러니까 아무 말도 안 한 거야. 네가 불편하면 말해달라고 썼잖아.

답을 보내지 않음으로써 싫지 않다는 마음이 전해졌다고 멋대로 믿어버렸다.

하지만 만약 처지가 반대였다면?

란보의 말처럼 '불편하다'는 답변조차 하기 싫은 것처럼 받아들일 것이다. 아예 엮이기도 싫다고 생각한다면…… 그래, 만약 상대가 스토커였다면 어떤 내용이든 답을 보내지 않을 것이다.

하지만 아니야, 란보, 아니야.

어쩌지? 이대로는 두 번 다시 못 만날지도 몰라.

지금 바로 답을 보내면 된다. 잘 지내요, 이 한마디면 되니까.

서둘러 답을 보내려다가 문득 생각했다.

혹시 란보에게 새로운 애인이 생겼다면? 그래서 마지막 문자를 보낸다고 한 것이라면? 그럴 가능성도 충분히 있다. 생각해보면 여성에게 인기 있을 란보가 일 년간 애인 없이 지냈을 리가 없다.

평생 나를 생각해주리라는 이 자만함은 대체 어디에서 나온 걸까? 생각해보면 정말 이상하다. 잠깐 미쳤나 보다.

아니, 잠깐만. 약사인 전 애인 때도 그랬다. 내가 먼저 헤어지자고 했으면서 영원히 나를 좋아해줄 것이라고 착각했다.

성격 한번 뻔뻔하다.

그랬으면서 그가 미스 시립병원과 결혼했을 때 충격까지 받고…….

당장 답변을 보내지 않으면 평생 후회하겠지만 아마 이미 늦었을 것이다. 그리 머지않아 다른 여자와 결혼하겠지.

란보에게 알리지 않고 아이를 낳은 것은, 낳아도 된다는 엄마의 격려가 있긴 했어도 최종적으로 요시미가 결정했다. 그렇다, 스스로 선택한 길이다.

그러니까 이대로도 괜찮지 않을까?

하지만…… 정말 이대로 괜찮아?

후회하지 않겠어?

차라리 과감하게 답문자를 보낼까?

밤의 어둠 속에서 오래도록 이렇게 혼자 묻고 대답했다.

아키하바라에 오는 것은 몇 달 만이었다.

오늘 구지라이와 점심을 먹기로 했다. 앞머리로 눈을 절반쯤 가린 헤어스타일을 보는 것도 오랜만이다. 기타카제에게도 연락했는데 오늘은 시간이 안 맞았다.

셋 중에서 기타카제만 결혼했다. 당연하다면 당연하다. 기타카제는 다쓰히코나 구지라이와 달리 지적이고 잘생겼으니까 추첨맞선에서 계속 거절당할 리 없다.

약속 시간까지 아직 시간이 남았지만 먼저 가게에 들어가기로 했다.

점원이 물 한 잔을 들고 왔다.

"한 명 더 와요. 오고 나서 주문해도 될까요?"

"아, 그래요?"

톡 쏘는 말투여서 무심코 점원의 얼굴을 보았다.

그때 그 여자애였다. 구지라이와 기타카제를 처음 이곳에 데려왔을 때 일하던 그 여자애다. 여전히 부루퉁하니 비호감이었고 화라도 난 것처럼 물 잔과 메뉴판을 테이블에 놓고는 아무 말 없이 가버렸다.

그때는 셋 다 그에게 시선을 빼앗겼는데 지금은 그다지

귀엽다는 생각이 안 들었다. 예쁘장하게 생겼지만 매력이 없었다.

메뉴판을 펼쳤다.

"오랜만이야."

누군가의 목소리에 고개를 들었다.

본 적 없는 마른 남자가 서 있었다. 쑥스럽게 웃는 가느다란 눈이 다정다감한 분위기를 풍겼다.

댁은 누구쇼?

짧은 머리에 무스를 발라 뾰족하게 세웠다. 옆구리에 낀 잡지 표지는 환하게 웃는 퍼플의 얼굴 사진이었다.

"나야."

"어…… 그런데 안경은?"

"그거 가짜 안경이야. 사실 시력 좋아."

구지라이는 못 알아볼 정도로 세련되었다.

"진짜 멋있어졌는데?"

목소리가 조금 컸나 보다. 옆 테이블에 눈 주변을 시커멓게 화장하고 앉아 있던 여고생 무리가 일제히 고개를 들어 구지라이를 위에서부터 아래까지 빤히 훑어보았다.

"어디가?"

"진심?"

여고생들은 서로 얼굴을 마주 보더니 미리 짠 것처럼 일제히 고개를 갸우뚱했다. 그중에는 외국인처럼 양손을 펼치고 번쩍 들어 보이는 여고생도 있었다.

너희, 왜 그렇게 잔혹하게 구는데?

왜 아무렇지 않게 남의 기분을 마구 짓밟는 거야?

너희에게 잘생긴 남자 아니고는 죄다 쓰레기인가 보지?

자기 탓에 구지라이에게 괜한 상처를 준 것 같아 괴로웠다.

어쩌지.

지금 사과를 하면 더 상처를 줄 것이다. 얼른 다른 이야기를 꺼내야지.

"오늘 날이 흐리다고 했는데 날씨 정말 좋다. 구름 한 점 없어."

말하자마자 구지라이가 빵 터졌다.

"다급한 표정으로 날씨 얘기하는 놈은 처음 봤다."

구지라이는 웃으며 맞은편에 앉았다.

"혹시 하도 두들겨 맞아서 강해졌어?"

구지라이가 고개를 크게 끄덕였다.

"그야 그렇지. 벌써 열여덟 번이니까."

"오, 대단한데."

일부러 관심 없다는 듯이 대꾸했다.

"뭐야? 뭔데? 설마 너도 벌써 결혼했어?"

예상대로 구지라이가 쩔쩔매는 표정을 지었다.

"나는 지금 스물세 번째야. 내가 거절한 건 나나 씨 하나고. 안심하셔."

"뭐야. 사람 놀라게 하고."

최근 들어 추첨맞선결혼법의 내용이 또 개정되었다. 지금까지는 맞선을 거절한 횟수가 3포인트에 도달하면 무조건 테러박멸대에 가야 했는데, 이제는 '평생 독신 코스'를 선택할 수 있도록 바뀌었다. 결혼 자체를 원하지 않는 사람에게도 유연하게 대처하려는 시도인데, 대신 이 코스를 선택하면 독신세를 내야 한다. 지금은 맞벌이가 아니면 먹고살기 힘든 시대이기 때문에 혼자 생활할 수 있다는 것은 경제적으로 여유가 있다는 것으로 간주했기 때문이다. 그러나 본래 목적은 테러박멸대의 인원이 급증하면서 정부 지출이 증가하고 그 인원만큼 세수 확보가 어려워졌기 때문이라는 소문이다.

그 여자 점원이 테이블로 다가왔다.

"주문은요?"

뾰족한 말투에 구지라이가 놀라서 점원을 보았다.

곧바로 예전의 그 여자애임을 깨달았나 보다.

"그러게. 뭐로 할까. 오늘 파스타는 뭐지?

제법 성인 남성 같은 분위기였다. 대놓고 불친절한 점원을 상대로도 겁먹지 않고 차분하게 질문한다. 게다가 존댓말도 쓰지 않았다.

"연어 화이트소스인데요."

화를 내는 듯한 불만스러운 말투에 반사적으로 점원을 바라보았다.

"그럼 그걸로."

"나는 가지 미트소스."

점원은 부루퉁한 표정 그대로 핸디 단말기에 메뉴 번호를 입력하고 아무 말 없이 사라졌다.

"저런 태도는 너무하지."

"진짜. 누가 손님인지 모르겠네."

구지라이가 동의해줘서 마음이 편해졌다. 요즘은 소소한 일이라도 자신의 감각이 틀리지 않았다고 확인하면 기분이 좋았다.

구지라이와 시선을 맞추고 웃는 것은 처음이었다. 지금까지는 긴 앞머리와 까만 테 안경에 가려졌으니까.

"다른 점원 있잖아. 그 오십 대쯤 되어 보이는 붙임성 있는 여성분. 그분의 접객 태도가 좋았어."

그렇게 말하자 구지라이가 고개를 끄덕였다.

"맞아."

"역시 아르바이트도 일은 일이니까 손님 대접은 제대로
해야지."

금방 동조해줄 줄 알았는데 구지라이는 잠깐 허공을 쳐다
보았다.

"그래도 저 애, 저래 보여도 필사적일 거야."

놀라서 구지라이를 보았다.

"필사적이라니?"

"누구나 사정은 있으니까. 나도 스무 살 무렵에는 감정을
조절하기 어려웠고."

구지라이가 어른스러워 보였다. 포용력 있는 성인 남성의
얼굴이었다.

"그건 그렇지. 생각대로 풀리는 일이 없고 인생이 지루할
때도 있으니까."

왠지 가슴이 따뜻해졌다.

"그래서 그 후로는 어떠냐?"

구지라이가 물었다.

"여전히 **빠른** 속도로 맞선을 보고 있어."

"이제는 긴장도 안 하게 됐지?"

"아아, 맞아. 기분만큼은 여자한테 익숙한 중년 아저씨가 됐다니까."

"나도 그래. 그나저나 맞선회장에 모이는 사람들이 점점 더 꼴불견이지 않냐?"

구지라이의 말대로였다. 지금 맞선회장은 비참한 남녀의 집합소로 변해버렸다. 그 자신도 거기에 포함되어서 좀 그렇지만, 스무 명 전후의 이성에게 계속 거절당한 남녀만 남았기 때문이다.

지금까지는 다들 주로 거절당하는 입장인 터라 자기 포인트가 줄어드는 것에 그다지 신경 쓰지 않았지만, 이제는 더 이상 그런 태평한 처지가 아니게 되었다. 서로 저 인간하고는 죽어도 결혼하기 싫다고 머리를 굴리는 것이 훤히 보였다. 그러나 포인트를 줄이지 않으려고 양쪽 다 상대가 거절하기를 숨죽여 기다린다. 거절하지도 않고 그렇다고 결혼하지도 않는 정체 상황에 정부도 골머리를 앓고 있다고 한다.

파스타가 나왔다. 밥을 먹으며 풍부하게 경험한 맞선 이야기를 나누기 시작했다. 대화를 나누다 보니 점점 즐거워졌다. 숱한 여성에게 거절만 당하는 비참한 이야기인데도 웃고 유쾌하게 말할 수 있게 되었다. 남이 들어주어서 상처가 치료되는 것인지도 모른다.

"앞머리를 자르려면 과감한 용기가 필요했겠는데?"

"그야 그렇지. 며칠이나 고민한 끝에 결정했어."

"왜 자르기로 했어?"

"맞선 상대에게 엄청 욕먹었거든. 내 결점을 대놓고 지적하는 여자가 꽤 있더라."

그렇게 말하며 구지라이가 수첩을 펼쳤다.

"여자들이 한 말을 적어뒀어. 그 자리에서는 속이 상하지만 나중에 도움이 되는 것도 많으니까."

구지라이가 읽어도 된다면서 수첩을 보여주었다.

수첩에는 자잘한 글씨가 잔뜩 적혀 있었다.

'그 앞머리는 당신이 비겁한 인간이라는 증거야. 상대는 당신 눈이 어디 있는지도 모르는데 당신은 상대의 눈을 보는 거잖아?'

'앞머리 사이로 여자를 관찰하는 거지? 여름철 해변에서 선글라스를 끼고 다니는 변태 새끼랑 똑같아.'

'당신은 나약함을 그 앞머리로 표출하고 있어. 말하자면 당신처럼 인간성을 드러내놓고 길거리를 돌아다니는 인간이 없다는 소리야. 그리고 남들보다 훨씬 눈에 띄는 것도 사실이고. 이런 단순한 것조차 몰랐다니 세상 제일가는 둔감남이네.'

'깨끗하게 빤 옷을 입고 매일 머리를 감더라도 그 앞머리 하나로 불결해 보이는 걸 좀 깨닫지? 아니, 이런 걸 친절하게 알려주는 친구나 가족이 없다는 것 자체가 당신 인생이 얼마나 비참한지 고스란히 보여준다.'

"신랄하면서도 친절하네."

"역시 그렇지? 경멸 어린 눈으로 힐끔 보고 입을 꾹 다무는 여자보다 자기 생각을 곧이곧대로 말하는 쪽이 나한테는 잘 맞는 것 같아."

"응, 알 것 같아."

"하지만 잘 맞는다고 생각하는 건 나뿐이고 다음 날이면 본부에서 거절 전화가 오지만."

이야기가 끊이지 않았다. 이렇게 수다를 떤 것도 오랜만이다.

파스타를 다 먹고 음료를 가지러 가려고 했을 때다.

"오랜만이야."

테이블로 기타카제가 다가왔다. 그는 다섯 번째 맞선 상대와 결혼했다고 들었다. 얼굴만 비치고 금방 돌아갈 셈인지 그냥 서 있었다.

"결혼했다면서?"

"축하해."

"고마워. 너희도 잘 지내는 것 같네. 어라, 앞머리 잘랐어? 깔끔한데?"

기타카제는 존댓말을 그만뒀나 보다. 그건 상관없다. 애초에 고작 한 살 차이였고 학교나 회사에서 만난 선후배 관계도 아니니까. 응, 전혀 상관없다. 지금까지 계속 존댓말을 썼으니까 조금 어색할 뿐이다.

"잘랐어. 이런저런 일이 있어서 스타일을 좀 바꿨지."

구지라이가 기뻐하며 대답했다.

그때 그 여성 점원이 물 잔을 들고 다가왔다.

"이런, 미안. 나는 손님이 아니야. 금방 갈 거거든."

기타카제가 말했다.

"어, 주문 안 하세요?"

여자애가 무뚝뚝하게 물었다. 기타카제는 예전에 이 여자애의 냉랭한 말투에 당황해 횡설수설한 적이 있다.

"미안해서 어쩌나. 진짜 미안."

여자애의 눈을 들여다보며 말하고 윙크까지 했다. 여자애는 놀란 듯이 기타카제를 응시하더니 곧 시선을 피하고 말없이 자리를 떴다. 그 뒷모습을 기타카제가 훑듯이 쳐다보았다.

"좀 아쉽다. 오랜만이니까 커피라도 마시고 가지?"

"아내가 지금 4층 가전 매장에 있거든. 집에서 쓰던 청소기의 소음이 심해서. 가을에는 애가 태어날 예정이니까 좀 조용한 거로 새로 사려고."

기타카제의 말투가 우리를 깔보는 것처럼 다소 거만하게 들리는데, 단순한 피해 의식일까?

그의 청바지 주머니에서 핸드폰이 울렸다.

"이제 가야겠다. 또 봐."

기타카제가 몸을 돌렸다.

그의 뒷모습을 바라보았다.

그는 두 걸음쯤 걸어가더니 무슨 생각이 났는지 뒤를 돌아보고 말했다.

"이쯤 해서 이십 구 년의 애인 없는 역사에 종지부를 찍어야지. 힘내!"

기타카제의 목소리가 너무 컸다.

음식을 서빙하던 그 여성 점원이 멈춰서 이십 구 년의 애인 없는 역사 남자 둘을 빤히 쳐다보았다. 무표정한 그대로.

가게 전체가 정적에 잠긴 순간, 옆 테이블에 앉은 여고생 무리가 일제히 웃음을 터뜨렸다. 다섯 명 모두 히죽히죽 웃으며 경멸 어린 눈초리로 쳐다보았다.

"앞머리를 다시 기를까 봐."

구지라이가 한숨을 쉬며 작게 속삭였다.

"장소를 옮길까?"

"응, 나가자."

가게를 나와 아래층 컴퓨터 매장으로 갔다. 구지라이가 컴퓨터를 바꾸고 싶다고 했다. 직업상 컴퓨터를 잘 아니까 같이 가주기로 했다.

에스컬레이터에서 구지라이가 뒤를 돌아보며 말했다.

"만약 우리 둘 중에 누가 먼저 결혼하더라도 조금 전의 그런 짓은 하지 말자."

"아아, 약속할게."

"그런데 나는 거절만 당하지만 이 맞선제도에 감사해."

"응, 나도."

만약 이 제도가 없었다면 그렇게 여러 여성과 일대일로 데이트하지 못했을 것이다. 그 경험 덕분에 여성과 말할 때 예전처럼 긴장하지 않는다. 적어도 얼어붙어서 입도 벙긋 못하는 상태에서는 벗어났다.

여성을 보는 관점도 변한 것 같다. 외모보다 내면이 중요하다는 단순한 소리가 아니다. 지금도 여전히 예쁜 사람이 좋으니까. 그런 주제에 남성을 외모로만 판단하는 여자는 용서할 수 없다고 이기적으로 생각하는 점도 역시…… 변하지 않았다.

그래도 변했다. 무엇이 변했는가 하면, 어떤 여성이든지 씩씩하게 산다고 생각하게 되었다. 모두 죽을힘을 다해 살고 있다. 쇼핑이니 패션이니 요가니 디톡스니…… 이런 것에만 정신이 팔린 여자는 알고 보니 없었다. 매스컴에서 우스꽝스럽게 다루는 경박한 사람을 현실에서는 본 적이 없다. 각자 정서적인 안정을 찾으려고, 또 사회의 풍파에 휘둘리지 않으려고 매일 열심히 살았다. 이 사실을 깨달은 것만으로도 만족했다.

나나 씨의 충고처럼 여심이라는 실체 없는 것을 두려워하며 여자를 별종의 생물처럼 다르게 여긴 것이 자신의 잘못이었다.

"회사에서 술자리에 같이 가자는 권유를 받았어. 오 년 만이야."

구지라이가 기뻐하며 말했다.

"당연하지. 머리 스타일이 달라져서 멋있어졌으니까."

이렇게 말하는 다쓰히코도 요즘은 새로 입사한 여성 사원들에게 기술 업무에 대한 질문을 받곤 했다. 예전과 달리 여성을 앞에 두고도 그다지 긴장하지 않아 침착하고 차분하게 알려줄 수 있었다. 최신 기술에 쫓아가려고 매일 집에서 공부한 보람이 있어서 "정말 도움이 돼요"라는 소리를 들었을 때는 자기도 모르게 헤벌쭉 웃고 말았다. 물론 여성 사원들 눈에 자신은 연애 상대가 아니라는 것쯤은 잘 알고 있다.

좋은 일은 또 있다. 해외여행과 쇼핑에만 눈이 팔린 그 여자 동료도 "요즘 밝아졌네?" 하고 말을 걸었다. 하지만 '밝음'과 '비실비실 웃어서 불쾌함'의 경계가 무엇인지 아직 그 미묘한 차이는 잘 모르겠다.

"너희 부모님은 뭐라고 하셔?"

"처음에는 걱정하셨는데 지금은 그냥 기막혀 하신다."

"우리도 그래."

다쓰히코의 부모님은 이제 추첨맞선 초반처럼 섬세하게 배려해주지 않았다. 오히려 본인들 아들이 이렇게나 인기 없는 것을 재미있어 했다. 아마도 다쓰히코 본인에게 마음의 여유가 생긴 것을 민감하게 감지했기 때문이리라.

엄마는 "또 안 됐니?"라고 묻고 쓴웃음을 지었다. 그리고 얼른 사촌 언니인 셋짱에게 연락해 아들이 차인 횟수를 서로 견주었다.

또 아버지는 "그렇게 여러 여자와 데이트를 하다니 부럽구나. 인기 없는 것도 꽤 괜찮은데?" 하고 웃었다.

이쯤에서 그만두자. 요시미에게 문자를 보내는 것은……. 란보는 핸드폰 화면을 껐다.

"문자, 제발 그만 보내"나 "그만 좀 하지?" 같은 답문자가 없다는 것을 계속 문자를 보내도 된다는 허락의 의미로 자의적으로 받아들였다. 요시미는 더 이상 연락하지 말라는 문자조차 보내기 싫었던 것이다. 그럴 가능성도 사실 생각했지만, 그렇게까지 자기를 싫어하는 것을 인정하기 싫었다.

하지만 이제 포기하자.

어떤 일에든 열심이고 꾸밈없는 요시미가 정말 좋았다.

지금까지는 여자들의 마음을 잘 헤아릴 줄 안다고 생각했는데 이번만큼은 상대의 마음을 파악하지 못했다. 상대가 싫어하는 줄도 모르고 계속 연락했던 자신이 부끄러울 따름이다.

처지가 반대였다면 어땠을지 상상했다. 헤어진 지가 일 년이 넘었는데도 아직까지 끈질기게 연락하는 상대가 얼마나 소름 끼치게 싫었을까.

참 한심하다.

하하하 소리 내어 자조하듯이 웃었다.

란보는 2층 창고에 있었다. 소파 침대 주변에는 엄마의 장사 도구인 옷감과 기모노 소품 등이 비좁게 쌓여 있었다.

뇌졸중으로 쓰러진 아버지는 다시 일어나지 못하시고 돌아가셨다. 아버지에게 겨눠진 세간의 공격은 어머니를 향한 동정으로 바뀌어 지금은 기모노 스타일리스트로서 예전보다 더 왕성하게 활동하고 있다. 잡지 일이나 텔레비전 출연도 늘었고 요즘은 기모노 주문까지 늘었다고 들었다. 기모노 판매는 가게를 따로 두지 않고 홈쇼핑을 통해서만 하고 있다.

어머니는 작은 민가를 빌려 1층을 사무실 겸 창고로 쓰고 2층을 주거 공간으로 삼았다. 란보는 일 때문에 귀국할 때마다 어머니의 옆방에 머물면서 호텔 숙박비를 아낀다.

산겐자야 저택은 생각보다 비싸게 팔렸다. 오래된 서양식 저택이어서 여기저기 삐걱거리는데도 서른 초반의 IT 부자가 홀딱 반해서 좋은 가격으로 사주었다. 그 덕분에 아버지의 빚을 전부 갚을 수 있었다.

요시미는 결혼했을까? 야무진 사람이니까 분명 인생 계획을 세워 열심히 살고 있겠지. 자신처럼 과거에 발목이 잡혀 지지부진하게 살 리 없다. 이미 자신 따위는 잊었을 것이다. 아니, 잊고 싶겠지.

크게 한숨을 내쉬고 위스키를 홀짝였으나 잠이 도통 오지 않았다.

그때 어둠 속에서 핸드폰이 반짝였다.

외국 관광 가이드라는 직업상 한밤중에도 자주 문자가 온다. 대수롭지 않게 여기고 핸드폰을 들었는데 '요시미'라는 이름이 떠서 깜짝 놀랐다. 그 바람에 위스키가 기관지로 넘어가 괴로운 기침을 여러 번 토해냈다.

"왜 그러니? 괜찮니?"

아직 깨어 있었는지 어머니의 목소리가 부엌 쪽에서 들렸다.

"괜찮아요."

얇은 벽에 대고 어머니에게 대답했지만 신경은 핸드폰을 쥔 손에 쏠렸다.

요시미에게서 문자가 오다니, 헤어진 이후로 처음이다.

문자를 여는 엄지손가락이 긴장해서 떨렸다.

매번 연락해줘서 고마워.

나는 잘 지내.

지금까지 한 번도 답을 보내지 않아서 미안해.

나는 맞선을 세 번 거절하고 지금은 낙도에서 간호사로 일하고 있어.

지금도 독신이고.

섬에 한 번 올래?

쥐치를 대접할게.

그리고 사진을 보낼게.

'嵐治'라는 한자를 쓰고 '란지'라고 읽어.

생후 5개월이 된 남자아이야.

사진을 보았다.

이상한 얼굴이다.

물개나 찹쌀떡처럼 생겼다.

아니, 잠깐만. 칠복신 중에 하나랑 닮지 않았나?

란지라…… 이상한 이름이네.

어? 이 '란'은 혹시…….

∞

나나는 최근 근력운동을 시작했다.

　테러박멸대에 들어갈 경우에 대비해 조금이라도 체력을 키워 공포심을 줄이고 싶었다. 그러지 않으면 노이로제에 걸릴 것 같았다.

벌써 일 년도 넘게 지난 일이다. 미야사카 다쓰히코와 술
집에 간 다음 날 바로 저출생대책본부에서 전화가 왔다.

"미야사카 다쓰히코 씨의 거절 사유는 성격 불일치입
니다."

그는 약속을 제대로 지켜주었다.

그러나 다음에 만난 네 번째 남성이 최악이었다. 나나가
좀처럼 거절을 하지 않자 마음이 통했다고 착각했는지 완전
히 애인처럼 굴었다. 어쩔 수 없이 다쓰히코에게 한 것과 마
찬가지로 맞선을 거절한 횟수가 이미 2포인트라고 솔직히
털어놓았다. 남자란 동물은 미인의 눈물에 약하니까 어떻게
든 뜻대로 되리라 믿은 것이 애초에 화근이었다.

정말 어리석었다. 네 번째 남성은 다쓰히코처럼 착한 사
람이 아니었다. 기회를 잡았다고 판단한 저절이었다. 더 뻔
뻔하고 의기양양하게 나나를 '내 여자' 취급하며 점점 더 적
극적으로 돌진해왔다.

데이트를 거절할 때마다 수화기 너머로 남자의 분노가 폭
발 직전까지 달한 것이 전해졌다.

그렇지 않아도 어떻게 될까봐 무서운 상황에 이런 공포심
을 더욱 조장하는 규칙이 생겼다.

"정당한 사유 없이 답변을 연기하는 것을 금지한다."

최소한 2주에 한 번은 데이트를 하라는 방침이었다. 정부가 왜 이렇게까지 개입하지? 대체 무슨 권리로 개인의 생활을 위협하는가. 화가 나서 돌아버릴 지경이었다. 이런 세칙이 마련된 것은 나나처럼 최악의 선택지에 몰려 어떻게든 선택을 나중으로 미루려고 악전고투하는 사람이 많아졌기 때문이겠지.

한편 테러박멸대에 입대하는 여성의 수가 점점 늘어면서 주둔지에서는 수용 인원이 초과되어 폭발하기 직전이라는 소문도 돌았다. 그러니 조만간 새로운 세칙이 생길지도 모른다. 의사나 간호사 등 의료 관계자가 낙도나 벽지로 파견되는 것처럼 음대 출신도 그런 지역의 아동에게 피아노를 가르치는 일을 시킬지도 모른다고 기대를 걸었다.

그때 엄마가 차라리 돈으로 해결하자는 소리를 했다. 상대 쪽이 거절하면 100만 엔(약 1,000만원)을 주겠다고 제안하자고 했다. 그러나 아빠가 그런 방법은 평생 협박을 당할 위험성이 있다고 반대했다.

열심히 방법을 찾았지만 묘안이 떠오르지 않아 한동안은 엄마가 데이트 장소에 함께 가주기로 했다.

그런데 그 후로 일주일도 지나지 않아 또 세칙이 추가되었다. '평생 독신 코스'를 선택할 수 있고, 몸이 아프다고 진단서를 제출하면 치료할 때까지 맞선에서 제외될 수 있었다.

곧바로 아빠가 각별하게 지내는 의사에게 가서 가짜 진단서를 받아 본부에 제출했다. 본부에서 정식 맞선 보류 허가가 나왔을 때 진심으로 안도했다. 지속적으로 시달려온 강렬한 불안에서 해방되자마자 온몸의 힘이 빠져버리더니 그 자리에 주저앉아 못 일어날 정도였다.

그날 이후로는 아픈 사람처럼 행동해야 했다. 라디오국에도 휴직서를 냈고 동네 공원을 조깅하는 것도, 스포츠클럽에 다니는 것도 그만두었다. 하루 내내 집안에 틀어박혀 발판 오르기 운동과 독서나 하며 지냈다.

지끔껏 쇼핑몰과 맛집을 찾아다니며 즐겁게 살아왔는데 외출은커녕 집 밖으로 한 걸음도 나가지 못하니 정말 괴로웠다. 감금된 것 같아 우울했다. 변장하고 몰래 나갈 생각도 했고 외국으로 여행을 갈 계획도 세웠다. 그러나 이웃 주민의 신고로 금고형에 처한 사례가 뉴스에서 나와 그럴 수도 없었다.

마당의 나무가 울긋불긋 단풍이 들기 시작할 무렵, 친할머니가 놀러 오셨다. 할머니와 함께 사시는 다마코 큰어머니가 늘 그렇듯이 직접 차를 몰고 할머니를 모시고 왔다. 올해 칠순이시다. 농사일에서 진작 손을 떼셨지만 틈만 나면 여전히 밭에 나가시는지 언제 뵈어도 얼굴이 볕에 그을려 새까맣다.

할머니가 거실로 들어오자마자 밀폐 용기를 테이블에 놓았다.

"매번 똑같은 걸 가져와서 미안하구나."

그러면서 할머니는 땅콩간장조림과 밤밥을 테이블에 쭉 펼쳐놓았다. 전부 아버지가 좋아하는 음식이다.

"할머니가 만들었어요?"

"그럼."

아흔이 넘어서도 정정한 할머니는 눈가에 잔뜩 주름을 잡으며 웃었다.

"내올 것이 변변치 않아서요. 좋은 차는 아니지만 한잔 드세요."

엄마가 어색하게 웃으며 차를 냈다.

엄마는 할머니를 불편하고 어려워했다. 평상심을 잃고 허둥거리며 차를 몇 잔이나 연거푸 마시고 있다.

생각난 대로 거르지 않고 뭐든 말하는 할머니의 성격을 엄마는 싫어했다. 엄마는 그런 할머니를 두고 어렸을 때 제대로 보고 배우지를 못해 그렇다고 늘 흉을 봤다.

"애비가 좋아하는 것을 잔뜩 들고 왔는데, 애비는 집에 없는 모양이네?"

할머니가 섭섭하다는 듯이 물었다.

"할머니가 모처럼 오셨는데 아빠는 오늘도 일하러 가셨어요. 조금 있으면 돌아오실 거예요."

"이거야 원, 주말에도 일을 하다니. 애비가 여전히 고생이구나."

그렇게 말하며 할머니가 힐끔 엄마를 곁눈질했다. 엄마는 불편한지 시선을 피했다.

"저세상 가기 전에 할미가 우리 나나를 한 번 더 보고 싶었다."

이 말은 십 년 전부터 매년 듣고 있다.

"에이, 할머니도 참. 당연히 더 오래 사실 거예요."

"어머님은 이렇게 정정하시면서 늘 그러셔요. 이렇게 며느리도 괴롭히는 걸 보면 아직 정신도 말짱하고 건재하다는 거 아니겠어요."

환하게 웃으며 큰어머니가 가차 없이 말했다.

"아마 내가 먼저 갈 거야."

"텔레비전 켜도 돼요?"

오늘은 추첨맞선결혼법의 폐지를 두고 국회 표결이 있는

날이다. 전국의 추첨맞선 대상자는 아침부터 반쯤 제정신이
아니었다.

"저런 법은 빨리 없어져야지, 안 그러면 우리 나나가 애가
말라 죽겠어."

큰어머니가 동정 어린 시선을 보냈다.

텔레비전에 국회의 상황이 나왔다.

"지금 막 표결이 시작되었습니다."

아나운서의 흥분한 목소리가 들렸다.

의원들이 줄을 서서 단상에 올라가 투표를 했다.

숨을 죽이고 화면을 지켜보았다.

"할미 시절에는 죄다 맞선이었어. 할미랑 할아비는 비교
적 금슬이 좋은 편이었지. 네 할아비가 당시 사내치고는 아
내한테 살뜰한 사람이었으니까."

"맞아요. 아버님은 정말 자상하셨어요."

큰어머니가 맞장구를 쳤다.

엄마도 숨을 죽이고 텔레비전을 쳐다보고 있었다. 신에게
기도라도 하는지 가슴 앞에서 양손을 부여잡고 있다.

"부디 폐지되게 해주세요."

엄마가 나직하게 중얼거렸다

전원 투표가 끝나자 의장이 마이크를 입에 댔다.

"투표 결과, 추첨맞선결혼법 폐지가 가결되었습니다."

저출생대책 담당 오노데라 유키코 의원의 고뇌에 찬 표정이 클로즈업되었다.

"꺄악!"

나나가 반사적으로 환성을 내질렀다.

"다행이야……."

더는 말이 나오지 않는지 엄마가 양손으로 입을 틀어막고 눈물을 흘렸다.

회장을 뒤로하고 복도로 나온 오노데라 유키코 의원을 취재진이 둘러쌌다.

"의원님, 지금 심정이 어떠신가요?"

"일본은 경제 성장을 이루었고, 현재 사회는 성숙해나가는 과정에 있습니다."

"그 말씀은?"

"풍요로운 선진국에서 개인은 자신의 의지대로 다양한 삶을 선택할 수 있습니다. 미혼율 상승이 그 증거죠. 요컨대 예전으로 돌아가지 못한다는 뜻입니다. 신랑 신부가 얼굴 한 번 보지 않고 결혼을 하는 게 당연했던 시대에는 좋아하지도 않는 사람과 결혼해야 했으므로 특히 여성에게는 불리하고 힘든 환경이었겠지요."

"즉, 추첨맞선결혼법이 실패였다는 말씀입니까?"

"무슨 소리에요? 절대 실패하지 않았어요. 이 법률로 수많은 남녀가 결혼했고 출생률도 급상승했습니다. 대단한 성과예요. 따라서 의원으로서 직책을 완수했다고 자부합니다."

"그런데 나나야, 어떤 남자와 결혼하고 싶니?"

할머니가 물었다.

"그야 잘생기고 키 크고 돈 많은 남자."

"얘가 참, 네 엄마랑 생각이 아주 똑같구나."

"어머님도 참."

큰어머니가 그러지 말라는 듯이 할머니의 어깨를 톡톡 두드렸다.

엄마가 스르륵 일어났다.

"뭐라도 드실 것 좀 준비할게요."

그 말과 함께 엄마는 일어나서 부엌으로 들어갔다. 부엌문이 닫히는 것을 보고 할머니가 말을 이었다. 귀가 잘 안 들려서 목소리가 크다.

"부부란 힘든 시절을 함께 극복한 뒤에야 비로소 인연이 깊어진단다. 그쯤 되면 사랑이니 뭐니 다 부질없게 된다. 사랑이 별것인 줄 아니? 사람끼리 돕고 돕는 거야. 그러니 가난한 부부였던 할미랑 할아비도 생각하기에 따라서는 행복했을지도 모른다. 요즘 젊은것들 좀 봐라, 결혼하고서도 부모한테 계속 손 벌리기나 하고. 그러면 부부 사이도 망가지기 마련이야. 네 엄마도 참 글러 먹었어."

"어머님, 아이고. 그만 하세요."

큰어머니가 또 나무라며 할머니의 어깨를 좀 더 세게 두드렸다.

"본인이 없는 곳에서는 나라님 욕을 해도 되는 거야."

당신 편할 대로 생각하는 할머니가 재미있어서 나나는 웃었다.

"직업이 있으면 또 몰라. 그런데 네 엄마는 전업주부잖니? 그런데 내조라고는 아무것도 안 했어. 네 아빠는 명색이 회사 사장이라 해도 영세 기업이잖아. 그러면 사장의 아내는 보통 경리 일을 맡거나 지방에서 막 올라온 젊은 종업원들을 돌보거나 사무실을 청소하거나, 아무튼 해야 할 일이 셀 수 없이 많겠지. 그런데 네 엄마는 대체 뭐냐? 부잣집 딸내미를 며느리로 들인 것 자체가 실수였어. 네 엄마는 아직 예순도 안 됐잖아? 그러면 아직 할 일이 잔뜩 있을 텐데, 바람이 들었는지 매일 같이 치장하고 싸돌아다니는 것 말고 하는 일이 뭐가 있니. 그야말로 인생을 낭비하는 거지."

마치 내 욕을 듣는 것 같다.

"나나, 속상해하지 마. 할머니는 요즘 노숙자들을 위해 배식 봉사를 하시거든. 그 일을 하시면서 생각이 좀 많아지셨나 봐."

"배식이요? 할머니가? 힘들지 않아요? 그럼 돼지고기 된장국 같은 거 만들어요?"

"할머니 담당은 기부금 모금과 진두지휘랄까."

진두지휘라고 말하면서 큰어머니가 쓴웃음을 지었다.

"남들이 어떻게 사는지 보렴. 요즘 오십 대 주부는 다들 나가서 아르바이트라도 하려고 한다. 네 엄마는 시간도 돈도 너무 남아돌아. 뭐든 좋으니 세상에 도움이 되는 일을 해서 자기 행복을 이 세상 사람들과 좀 나눠야하지 않겠니. 흠, 이 얘기는 내가 돌아가고 나서 네 엄마한테 전해주려무나."

"할머니가 직접 말씀하시면 안 돼요?"

"나는 네 엄마가 불편하거든."

"아이고, 어머님도. 하여간 짓궂으시다니깐."

큰어머니가 웃었다.

"그나저나 나나야. 일은 어떠니?"

"웅……. 그냥저냥."

"힘든 일은 없고?"

할머니가 말하는 '힘든 일'이란 뭘까? 아르바이트하는 주부에게 심술궂은 소리를 듣는다던가, 아르바이트 학생의 열정 넘치는 태도를 보며 열등감을 느낀다던가, 이런 것이 할머니가 말하는 '힘든 일'에 들어갈 리가 없다.

할머니는 고생을 많이 하셨다. 깊게 주름이 팬 까무잡잡한 피부에서 고단했던 인생이 보였다.

"힘든 일은…… 없어요. 보람도 없지만."

"보람이라."

할머니가 천천히 차를 마셨다.

"시험 삼아 혼자 살아보면 어떻겠니?"

"어? 할머니답지 않은 말씀을 하시네요?"

"그런가?"

"왜냐하면 옛날 분들은 시집을 가기 전까지 딸은 부모 밑에 있는 게 당연하다고 생각하잖아요?"

"나나, 생각이 낡아도 너무 낡았구나."

할머니의 말에 큰어머니가 웃음을 터뜨렸다.

"너는 엄마랑 거리를 두는 게 좋아. 나나를 위해서이기도 하고 네 엄마를 위한 길이기도 해."

할머니 옆에서 큰어머니가 "호오" 하고 감탄했다는 듯이 고개를 열심히 끄덕였다.

겨우 일 년 전까지만 해도 나나의 인생 계획이란, 부모님 밑에서 누린 것과 똑같은 풍족한 생활을 란보와 결혼 후에도 이어가는 것이었다. 친정에서 엎어지면 코 닿을 거리에 신혼집을 장만하고, 집안일은 전부 엄마에게 맡기고 란보의 월급에서 부족한 생활비는 엄마에게 울며 매달리는 것……인데. 이런 소리는 할머니에게 절대 할 수 없다.

"네가 번 돈으로만 살아보렴. 부모의 도움을 받으면 안 된다."

"내가 할 수 있을까요?"

"나나라면 할 수 있어. 이 할미를 닮은 구석도 있으니까. 가능한 한 집에서 멀리 떨어진 곳에 집을 구하려무나. 그리고 독립생활에 익숙해지면 그때 다시 보람이란 것에 대해 생각해보렴."

"혼자 살면 생각이 달라질까요?"

"그야 달라지지. 보람이 있느니 없느니 유치한 소리를 안 하게 될 거다. 인간은 먹기 위해서 일한다는 당연한 진리를 깨달을 테니까. 그리고 자연스럽게 네 아비에게 감사함을 느낄 거야."

그날 밤, 나나는 방에서 핸드폰을 쳐다보고 있었다.

눈 딱 감고 전화를 걸까?

하지만 전화를 걸어서 무슨 말을 해야 하지?

이제 와서 무슨 용건이냐고 욕을 먹지 않을까.

상대의 전화번호를 한참 쳐다보는데, 엄지손가락이 멋대로 움직여 통화버튼을 눌러버렸다.

"여보세요? 난데."

"나요? 누구신지……."

"뭐야, 나라고. 내 번호, 저장 안 해놨어?"

"혹시, 설마…… 나나 씨예요?"

"그래. 나나야. 당신 결혼했어?"

"아니요, 아직이요. 계속 거절만 당했거든요."

"그렇겠지."

"그렇겠지는 뭡니까……."

"그쪽의 장점을 아는 사람이 적다는 의미로 한 말이야."

"어, 제 장점이요? 저한테 장점이 있나요?"

"있지. 당신은 다정해. 지금까지 맞선에서 만난 사람 중에서 상대방을 배려할 줄 아는 남자는 당신 말고 없었거든."

"정말요? 와, 기뻐요. 저는 다른 사람에게 최대한 친절하게 대하려고 하는데, 제 마음을 이해해주기는커녕 기분 나쁘다고 보는 시선이 많거든요. 그래도 나나 씨가 이렇게 다정하다고 알아주니 감격이에요."

"역시 당신, 기분 나쁘다."

"아아……."

"다정하다고 한 말 취소할래. 단순히 기가 약할 뿐이야.
왜 댁의 기가 약한가 하면 여자한테 인기가 없어서 그래. 열
등감이 쌓이고 쌓여서 자존감이 확 낮아진 거지. 그리고 그
연약함과 우유부단함이 어쩌다 상대의 감정을 우선시하는
것처럼 나타나니까 마치 다정하게 보일 때가 있는 것 뿐이
야."

"그렇군요."

"당신 바보야? 이해하면 어떡해. 반론을 해야지. 당신은
나를 테러박멸대에서 구해줬으니까 이른바 은인이잖아? 사
실은 내가 당신한테 감사해야 한다고. 그런 사람이 댁을 무
시하는 거잖아? 왜 좀 더 당당하게 굴지 못하지? 진짜 한심
하다."

"죄송합니다. 저기…… 나나 씨, 혹시 지금 취했어요?"

"뭐야? 내 별명이 뭔지 알아? 술독이라고, 술독. 와인 한
병쯤 마신다고 안 취해."

"와인 한 병을 다 마셨어요?"

"왜 안 돼?"

"아니요, 안 되긴요. 혼자서요?"

"그래."

"어디서요?"

"내 방에서."

"좋네요. 방에서 여자 혼자 와인이라……. 그림 같아요. 원피스를 입고?"

"그러니까 기분 나쁘다고. 무슨 상상을 하는 거야? 내 집 내 방에서 뭐 하러 원피스를 입는데? 당연히 편한 옷을 입었지. 그런데 다 끝나고 하는 말이지만 당신은 좋은 사람 같아."

"여자에게 좋은 사람이란 소리를 들으면 끝이라고,《여자에게 인기를 끄는 비결》이라는 책에서 그러던데요."

"질 나쁜 남자보다야 백 배 낫지."

"하하, 그런가요? 그런데 저한테 전화를 걸다니 무슨 일이에요?"

"뭐야, 듣기 싫게. 전화하면 안 돼?"

"아니요, 그럴 리가. 저야 대환영이죠. 그런데…… 무슨 용건인데요?"

"댁한테 용건이 있을 리가 없잖아."

침묵이 흘렀다.

"여보세요? 화났어?"

"아니요⋯⋯."

"화났으면 화났다고 똑바로 말을 해."

"절대 아니에요. 하지만 용건 없이 전화를 걸었다면, 그러니까 그⋯⋯ 잡담이라도 나누자는 건가요?"

"뭐, 그렇게 되겠네."

"정말 기뻐요. 여자랑 전화로 대화하는 거, 고등학생 때부터 꿈이었거든요."

"그, 러, 니, 까 그런 점이 기분 나쁘다고. 왜 그런 걸 솔직하게 털어놓는데?"

"괜히 멋있는 척하지 말라는 나나 씨의 충고를 따르고 있어요."

"정도라는 게 있잖아."

"정도까지 이해하는 건 너무 장애물이 높고, 워낙 분위기 파악에 서툰 사람이거든요."

"그건 그러네."

"잡담이라면 무슨 얘기를 하면 될까요?"

"요즘 뭐 특별한 일 없어?"

"아, 있어요. 저 혼자 살기 시작했어요."

"어? 혼자 산다고? 어쩌다가?"

"부모님이 권해서요. 우리 아버지는 후쿠이, 어머니는 나라 출신인데 두 분 다 고향에서 고등학교를 졸업하고 도쿄로 상경해서 자취한 경험이 있거든요. 그래서인지 부모 밑에서 안주하지 말고 혼자 살아봐야 남자다운 모습이 생겨서, 혹시라도 여자가 따를지도 모른다고."

"그럴 리가."

"너무 단호하게 자르진 말지……."

"그래도 인기 있고 없고를 떠나서…… 달라질지도."

"적어도 생활은 크게 달라졌어요. 생각보다 힘들어요. 요즘 들어 우리 부모님이 저한테 독립하라고 권한 진짜 이유를 알 것 같아요. 평생 혼자 살아도 곤란하지 않도록 젊어서부터 집안일을 해두라는 거겠죠."

"그렇구나. 좋은 부모님이시네. 그런데 다음에 놀러 가도 돼?"

대답이 없었다.

"어라? 여보세요, 내 말 안 들려?"

"아, 들려요."

"그런데 왜 대답이 없어?"

"그게, 가슴이 뛰어서. 나나 씨가 우리 집에 놀러 온다니 상상만 해도 심장이……."

"뭐야, 당신 설마 이상한 생각한 거 아니지? 오해하지 마.

나도 슬슬 독립할 생각이란 말이야. 엄마 곁을 떠나려고. 그래서 자취가 어떤 건지 견학차 한번 가보겠다는 거야. 허튼 마음 먹으면 곤란하니까 친구라도 데리고 가야겠다. 케이크 사서 갈 테니까 홍차쯤은 준비해둬."

"네, 알겠습니다. 청소도 해둘게요."

"그런데 당신, 요리할 줄 알아?"

"네, 이제 삶은 달걀을 만들 줄 알아요."

"그건 나도 해."

"완숙이 아니에요. 노른자가 절묘하게 걸쭉한 반숙이라고요."

"반숙? 진짜? 대단하다. 나 반숙 좋아해. 반으로 잘라서 간장을 두세 방울 떨어뜨리면 진짜 맛있어."

"채소볶음도 만들 줄 알아요."

"대단한데?"

"나나 씨도 노력하면 잘할 수 있을 거예요."

"말이라고 함부로 하지 말아 줄래?"

"죄송합니다."

"무슨 근거로 하는 소리야?"

"죄송합니다."

"쓸데없는 참견이라고."

"진짜 죄송합니다."

"외식을 해도 되고 편의점도 있고 패스트푸드도 있잖아. 어쨌든 엄마 곁을 떠나는 게 첫걸음이야. 엄마도 나도 어엿한 성인처럼 굴지 못한다고 했던 말 기억해? 그러고 보니 당신도 진짜 예의 없어. 좋은 사람이라고 한 거 다시 취소할래. 나는 다진 토마토랑 참치통조림 섞는 거 잘해. 여차하면 평생 이것만 먹고 살아도 돼. 뭐 불만 있어? 아아, 맞다. 전에 먹은 떡 피자 사 줘."

"떡 피자요?"

"그래, 그 술집 떡 피자."

"물론 좋죠. 지금 바로 갈래요?"

해설

시라카와 도코白河桃子

__저출생문제 연구가 및 저널리스트, 사가미여자대학교 객원 교수

결혼 상대는 추첨으로!

"정부는 저출생대책으로 '추첨맞선결혼법'을 시행하기로 결정했다."

이렇게 시작되는 소설. 2010년에 단행본으로 처음 출간되었을 때보다 저출생, 고령화, 인구 감소, 그리고 지방자치단체의 소멸 문제가 심각해진 요즘에야말로 "으악, 리얼하다~"라는 반응이 더 많이 나오지 않을까요?

"대상은 25세에서 35세까지 이혼 전적과 자녀와 전과가 없는 미혼 남녀로, 본인의 나이에서 플러스마이너스 5세 범위에서 무작위 추첨 방식으로 진행될 예정이다. 맞선 상대가 마음에 들지 않을 경우 2회까지는 거절할 수 있고, 3회까지

모두 거절할 경우 테러박멸대에서 2년간 복무해야 한다."

이런 법이 생기면 과연 어떨까요?

이 소설이 연재되던 2009년에는 '곤카쓰婚活(결혼 활동)', 즉 결혼 상대를 찾으려는 구혼 활동이 한창이었습니다. 저는 일본 주오대학의 야마다 마사히로山田昌弘 교수와 함께 2008년에 《곤카쓰 시대「婚活」時代》(《결혼심리백서》라는 제목으로 2009년에 국내 출판되었다―옮긴이)라는 책을 발표했습니다. 그 결과 실제 구혼 활동 붐이 일어났지만 책에는 담지 못한 내용도 많았습니다. '쓰고 싶은데 쓰지 못하는' 딜레마라고 여겼던 것이 이 소설에 전부 등장합니다. 구혼 활동 붐의 결말에 이런 미래가 기다려도 이상할 것 없다고 줄곧 생각했기에 '오오, 대단하다. 소설로 써준 사람이 있어!' 하고 감격했습니다. 동시에 질투도 느꼈죠……. '내가 픽션을 쓸 줄 알면 이런 소설을 반드시 썼을 거야' 하고요.

여러분은 이런 말도 안 되는 법률이 통과될 리 없다고 웃겠지만, 우리는 이미 경험했습니다. 그래요, 일본의 구직 활동용 등록 사이트 말입니다.

교토대학을 졸업한 여성 지인이 있는데, 그가 마침 그 리크루트 그룹이 제공하는 구직포털사이트 '리쿠나비'의 원년 세대입니다.

"모든 학생이 취직을 위해 사이트에 등록하다니……. 일 개 민간 기업이 내 인생을 결정하는 건 싫어."

지인은 반골 성향이 강해서 리쿠나비에 등록하지 않았습 니다. 그랬더니 "정말로, 정말로 취직을 못 했다니까요!"라 고 웃으며 말해주었습니다.

지금 일본 대학생들은 리쿠나비, 마이나비 없는 구직 활 동은 상상도 못 하겠죠. 아무리 '이건 말도 안 돼!'라고 생각 하더라도 이미 벌어진 일은 당연하게 여겨지니까요.

하지만 이건 결혼할 상대잖아요? 국가가 그렇게까지 강 제 개입할 리는 없다고 생각하시나요?

저출생대책을 고민하는 현 정부의 실태를 들여다보면, "싱가포르에는 국영 결혼사이트가 있다"느니 "나라에서 일 괄적으로 구혼 활동 지원센터를 마련하자"와 같은 소리를 하는 국회의원이 반드시 있습니다. 정말입니다.

그러나 그런 소리를 하는 국회의원은 공부가 부족해요. 그런 국영 사이트가 싱가포르에 분명 있기는 하지만, 어디 까지나 '데이트 상대를 찾는 용도', 즉 '데이트사이트'입니 다. 게다가 거기에 어마어마한 세금을 퍼부었는데도 성혼률 을 올리는 데에는 전혀 성과를 내지 못한다고 합니다.

이런 이야기가 종종 부상하는 것은 '구혼 활동 센터'를 독점하려는 민간 대형 결혼정보업체의 이권과 야망이 숨어 있기 때문입니다.

아무튼 이 법이 시행된 후의 세계는 어떨까요?

소설의 주인공들은 애인 없는 역사가 곧 살아온 세월인 3인조 남성, 결혼하려던 애인에게 차인 명품을 좋아하는 미인, 딸에게 집착하는 엄마를 둔 성실한 간호사 등입니다. 이 법이 시행되기 직전에 '애인이 있는 사람들'은 허둥지둥 결혼했죠. 맞선회장에는 그 '나머지'들만 옵니다. 그런 상황에서 주인공들에게 벌어지는 희비극 이모저모가 진짜 결혼 활동의 현장을 아는 저에게는 극사실주의로 보였습니다.

맞선회장에 온 남성은 문득 깨닫습니다.

"과연 이곳에 연애 능력이 있는 사람이 있을까?"라고요.

이런 생각을 해봤자 나아지는 것도 없고 해서 그는 핸드폰을 꺼내 게임을 시작합니다. 그러나 그의 내면에는 일말의 기대가 있었죠.

"그래도 어쨌든 결혼만 하면 이 지긋지긋한 열등감에서도 해방되겠지."

하지만 아무리 강제 맞선이라도 원활하게 진행되리라는

보장은 없습니다. 누가 봐도 '인기 없는' 여성들도 차례차례 그를 거절하죠. '여성스러워' 보이는 상대에게 인간 이하의 취급을 받는 것보다 자신과 동급이라고 여긴 여성에게 거절 당하면 그야말로 충격이지요.

그런 그가 누가 봐도 부러워할 미인과 운 좋게도 맞선을 봅니다. '왜 내가 이런 곳에?' 하고 얼굴에 불만이 가득한 미인이 애인 없는 기간이 곧 인생의 역사가 되는 남자에게 퍼부은 대사는 통렬합니다.

"여자는 긴장한 남자를 보기만 해도 전부 알아차린다고…… 여자에게 익숙하지 않다고 상상하겠지. 왜냐하면 여자에게 인기가 없으니까…… 하필이면 왜 내가 추첨에서 꽝을 뽑아야 하는데?"

현실에서는 이렇게 대놓고 말하는 여성은 없습니다. 그러니 맞선을 보러 가는 분이 계신다면 안심하세요. 하지만 어쩌면 상대 여성은 화장실에서 핸드폰으로 친구에게 이런 소리를 할지도 모릅니다. 뭐, 여성의 본심이라고 할까요.

그는 정말 화가 났습니다. 왜냐하면 맞선 자리에 온다는 것은, 눈앞에 앉은 사람이 '나는 저 사람과 이런 것, 저런 것을 할 수 있는 권리가 있다고 생각한다'는 것이니까요. 그러니 자기가 생각하는 '결혼 상대 수준'보다 한참 떨어지는 사람이 맞선 상대로 나온다는 것은 여성의 입장에서는 말도 안 되는 기막힌 상황이니 분노하죠.

사실 상대 남성에게는 아무런 죄가 없습니다만, 실제 맞선 자리에 '분노'를 품고 임전하는 여성이 꽤 많습니다.

그러나 이 입버릇 안 좋은 미인에게도 사정이 있습니다. 두 번의 맞선 상대를 이미 거절한 상태라 더 이상 물러설 수 없거든요. 테러박멸대에 가기 싫으니까 일부러 남자의 성질을 건드려서 거절당하려고 필사적입니다(원래 성격도 있지만요).

인기 없는 남자들도 "인기 좀 있는 게 그렇게 대단한가? 어쩌다 보니 미인으로 태어난 것뿐인데 그게 대단한 공적이라도 되는 양 착각하고. 경박한 여자다"라고 경멸하면서도 사실은 성실하고 평범하고 가볍지 않은 여성보다 "백치미나 풍기며 가볍게 나대는 여성을 좋아한다는 걸 깨닫고" 자기 자신에게 놀라게 됩니다.

강제적이라고 해도 남녀가 만나면 역시 새로운 깨달음이 있고 화학반응이 생기죠. 그래서 인간은 재미있습니다.

저는 '결혼'이라는 현상을 통해 사회를 봅니다. 왜냐하면 결혼은 이치나 효율, 경제 등으로 재단할 수 없는 다양한 '인간다움'이 넘치는 곳이니까요.

독신인 친구가 이런 소리를 한 적이 있습니다.

"이나즈케許婚가 있으면 좋겠어."

'이나즈케'란, 부모들의 합의로 어린 아들과 딸이 성인이 된 후 결혼시키기로 약속하는 결혼풍습인데요, 친구는 요즘 세상에 왜 이런 고풍스러운 발상을 했을까요?

"쓸 만하게 성장하면 복권 당첨이잖아? 마음에 안 들면 거절하면 되니까."

자기 잇속만 차리겠다는 이기적인 소리로 들리겠지만, 결혼 상대가 이미 정해져 있다면 지금 당장 결혼 상대를 어떻게 찾을까 고민할 필요가 없을 테죠. 친구의 말에는 구혼 활동 때문에 고민하는 현대 여성들의 복잡한 심경이 담겨 있다고 생각합니다. 물론 얼마든지 거절할 수 있는 보증이 있어야겠죠.

일본인의 97퍼센트가 결혼했던 1970년대에는 맞선에 '강제적 의사 결정 기능'이 있었습니다. 다시 말해 그 시대에는 부모가 원하는 대로 맞선을 봐서 결혼을 해야했습니다. 지금도 '맞선을 늘려야 한다'는 목소리가 있지만, 요즘 맞선에는 이런 '강제적 의사 결정 기능'이 없습니다. 무엇보다 부모가 하라는 대로 결혼하는 얌전한 여자는 멸종했어요. 구혼 활동이라는 말에는 "지금까지는 컨베이어 벨트 위에 올라탄 것처럼 결혼에서 육아까지 옮겨주는 기능이 일본에는 있었다. 그러나 이제 그 컨베이어 벨트가 붕괴했으니 결혼하고 싶은 사람은 스스로 상대를 찾아 결정해야 하는 상황이 되었다"라는 의미가 담겨 있습니다. 미팅을 하거나 결혼정보업체에 등록하라고 강요하는 소리는 절대 안 했습니다.

자연스럽게 결혼하고 싶은 사람도 있지만, 일본인에게 자연스러움이란 "컨베이어 벨트 위에 올라타 그것이 흐르는 대로 있다 보니 누군가가 골라서 결혼해주었다"라는 의미입니다. 따라서 "원하는 것이 있다면 자신의 의지와 힘으로 얻고자 노력해야 한다. 그렇지 않으면 진전이 없다"고 주장하는 것이 구혼 활동의 진정한 의도입니다.

요즘 세상에 거절하지 못하는 강제적인 맞선결혼은 없습니다. 그리고 일단 자유를 누린 사람은 '거절할 권리가 없는 시대'로는 다시 돌아가지 못합니다.

출생률을 늘리는 정책에는 두 가지 방향이 있습니다.

"최대한 자유를 누리게 해야 아이가 늘어난다"와 "최대한 자유를 억압해 결혼으로 몰아가야 아이가 늘어난다"입니다.

전자는 예를 들어 유럽 선진국이죠. 프랑스나 스웨덴 등에서는 이제 '결혼제도' 자체가 중요하지 않습니다. 50퍼센트 이상의 아이가 '동거 커플' 사이에서 태어나죠. 이를 두고 일본인은 '불륜으로 태어난 아이가 50퍼센트', '싱글마더가 급증'이라고 왜곡하지만요. 실제로는 여성이 자신의 힘으로 온전히 살아갈 수 있도록 지원해 자유를 누리게 하고, '직장을 잃거나 아이의 아버지와 헤어지게 되더라도' 육아만큼은 나라가 책임져주는 시스템입니다(참고로 아이 학비도 대학까지 무료죠). 여성들은 자립해서 좋아하는 남자를 사귀고 아이를 낳고 키우며, 안심하고 자유를 누립니다.

그 반대는 옛날 일본입니다. 여성에게는 '결혼' 이외에 살아갈 방도가 없었습니다. 얼굴도 모르는 남자와 맞선을 보고 부모가 시키는 대로 결혼했습니다. 그 결과 90퍼센트 이상의 인구가 결혼을 한 결혼우등생 국가가 됐습니다만, 그 말은 곧 누군가가 '결혼에 부적합한 남성'이나 '폭력 남편'을 떠맡았다는 소리죠.

요즘 세상에 저런 남자가 좋아서 결혼하려는 여성은 없죠? 결혼하기 어려워졌다고 한탄하지만, 사실 여성들은 '결혼에 부적합한 남성'이나 '폭력 남편'을 떠맡지 않고 살아갈 자유를 손에 넣었습니다.

일본의 논의는 점점 '부자유'스러운 방향으로 나아가려는 것처럼 보입니다. 지방에서는 금년도 예산으로 "결혼은 참 대단하지요, 자식도 참 좋습니다" 같은 캠페인을 펼친다고 합니다.

5년간 여성 대학생을 대상으로 설문 조사를 했는데, "젊어서 결혼하고 젊어서 애를 낳고 싶다", "일도 계속하고 싶다"는 학생이 다수였습니다. "아이를 갖기 싫다"는 사람은 극히 드물었습니다. 갈망하는 사람이 대다수이므로 장애물을 제거해주면 될 텐데, 정부는 "강제적으로라도 결혼해라"라고 당장에라도 말할 것 같네요. 그 정도로 큰일이 난 상황이기 때문이죠. 특히 '젊은 여성의 인구 유출'이 지방자치단체의 소멸을 가속한다고 밝혀졌으니 여성들이 빠져나가지 못하도록 '관문이라도 세울까?'라는 소리를 하는 사람이 나와도 이상하지 않습니다. 내심 억지로라도 젊은 여성을 붙들어두고 싶을 테니까요.

요즘은 '설마 이런 법은 없겠지' 싶은 법이 자꾸자꾸 만들어지고 있습니다. 어쩌면 이 소설도 현실이 될 날이 올지도 몰라요. 그러나 인간은 일단 자유를 맛보면 예전으로 돌아가지 못합니다. 시대를 역행하면서 '자유를 억압해 인구를 늘리는' 데 성공한 사례는 선진국이라고 하는 그 어떤 나라에서도 찾아볼 수 없으니까요.

'젊은 사람들에게 결혼과 출산을 좀 더 강제해야 하지 않을까?'라고 속으로 생각하는 사람이 있다면 부디 이 소설을 읽으세요. 자유로워진 사람은 예전으로 돌아가지 못합니다. 그리고 개인이 자유를 잃으면 선진국이라는 간판을 그만 내려야 합니다. '추첨맞선결혼법'의 결말이 어떻게 됐는지 마지막까지 읽으면 이해하실 겁니다.

옮긴이 이소담

대학 졸업반 시절에 취미로 일본어 공부를 시작했고, 다른 나라 언어를 우리말로 바꾸는 일에 매력을 느껴 번역을 시작했다. 읽는 사람이 행복해지고 기쁨을 느끼는 책을 우리말로 아름답게 옮기는 것이 꿈이고 목표다.
옮긴 책으로 《서른두 살 여자, 혼자 살만합니다》, 《당신의 마음을 정리해 드립니다》, 《양과 강철의 숲》, 《하루 100엔 보관가게》, 《변두리 화과자점 구리마루당》 등이 있다.

결혼 상대는 추첨으로

초판 1쇄 인쇄 2019년 2월 20일
초판 1쇄 발행 2019년 2월 28일

지은이 가키야 미우
옮긴이 이소담
펴낸이 임현석

펴낸곳 지금이책
주소 경기도 고양시 일산서구 킨텍스로 410
전화 070-8229-3755
팩스 0303-3130-3753
이메일 now_book@naver.com
홈페이지 nowbook.modoo.at
등록 제2015-000174호

ISBN 979-11-88554-19-5(03830)

이 도서의 국립중앙도서관 출판예정도서목록(CIP)은 서지정보유통지원시스템 홈페이지(http://seoji.nl.go.kr)와 국가자료공동목록시스템(http://www.nl.go.kr/kolisnet)에서 이용하실 수 있습니다.(CIP제어번호: CIP2019000809)」